dtv

Christian Kerbel, 29, einst politisch engagierter Germani-
stikstudent, schlägt sich als Taxifahrer in München durch.
Die Welt verbessern wollte er, nun hört er sich den »Gesprächsmüll« der Fahrgäste an. Und wenn er in seine WG
kommt, wartet nicht mal mehr Freundin Karin. Er selbst
hat sie zum Flughafen gefahren, damit sie zu einem anderen kann – nun wird er mit dem Verlust nicht fertig.
»Uwe Timm gelingt es immer wieder, aus historischen
Gegebenheiten, politischen Erwartungen und menschlichen Verhaltensmustern spannende, gute Literatur zu
machen.« (Marion Skepenat in der ›Neuen Zeit‹)

Uwe Timm wurde am 30. März 1940 in Hamburg gebo-
ren. Er studierte Philosophie und Germanistik in München und Paris. Seit 1971 lebt er als freier Schriftsteller
in München. Weitere Werke: ›Heißer Sommer‹ (1974),
›Morenga‹ (1978), ›Der Mann auf dem Hochrad‹ (1984),
›Der Schlangenbaum‹ (1986), ›Rennschwein Rudi Rüssel‹
(1989), ›Kopfjäger‹ (1991), ›Die Entdeckung der Curry-
wurst‹ (1993), ›Johannisnacht‹ (1996), ›Nicht morgen,
nicht gestern‹ (1999).

Uwe Timm

Kerbels Flucht

Roman

Deutscher Taschenbuch Verlag

Ungekürzte, vom Autor neu durchgesehene Ausgabe
April 2000
Deutscher Taschenbuch Verlag GmbH & Co. KG, München
www.dtv.de
© 1991 Verlag Kiepenheuer & Witsch, Köln
Erstveröffentlichung: München 1980
Umschlagkonzept: Balk & Brumshagen
Umschlagfoto: © Bilderberg, Hamburg
Gesetzt aus der Stempel Garamond 10,5/12˙ (3B2)
Gesamtherstellung: C. H. Beck'sche Buchdruckerei,
Nördlingen
Gedruckt auf säurefreiem, chlorfrei gebleichtem Papier
Printed in Germany · ISBN 3-423-12765-1

Ein stiller Landregen fiel überall nieder. Ich suchte Sterne in den Wolken und dachte mancherlei. Denn Nahes und Fernes, alles war so dunkel. Mir wars, wie ein Eintritt in ein anderes Leben.

Heinrich v. Kleist

Kerbel hatte sie zum Flughafen gefahren. Als sie in die Abflughalle kamen, wurden die Passagiere für die Maschine nach Berlin-Tegel gerade zum zweiten Mal aufgerufen. Sie bat ihn, da sie ihre Haarbürste vergessen hatte, um seinen Kamm und kämmte sich vor der spiegelnden Scheibe eines Parfümerieladens. Dann umarmte sie ihn und ging durch die Sperre. Einmal noch winkte sie ihm, bevor sie die Kabine betrat, in der sie nach Waffen abgetastet wurde. Hinter ihr wurde der Vorhang zugezogen.

Kerbel ging zum Parkplatz.

Noch wälzte sich der morgendliche Dunst über die Straßen, aber schon kam hin und wieder die Sonne durch, und über dem Grau schimmerte der Himmel.

Es war kurz nach neun und der 19. April.

*

Ohne Datum

In ihrem Zimmer sieht es aus wie nach einer Explosion. Kleider, Blusen und Schuhe am Boden verstreut. Die Schubladen aus der Kommode gerissen, die Schranktür offen. Sie hat ihre Wäsche einfach aus dem Schrank gezerrt und in den Koffer gesteckt.

Als ich ihr anbot, sie zum Flughafen zu fahren, nahm sie sofort an. Ich fuhr und dachte, jetzt hilfst du ihr auch noch, rechtzeitig zu dem anderen zu kommen.

Noch vor einer Woche hatte sie mir mit ihren Klamotten eine Modenschau vorgeführt. Zog Kleider, Blusen und Hosen in den kühnsten Kombinationen an und kam dann in mein Zimmer getänzelt, drehte sich vor mir mit vorgeschobenem Becken, legte den Oberkörper zurück und rauschte wieder raus. Sie machte das mit wunderbarem Ernst, während ich mich vor Lachen nicht halten konnte. Und nichts deutete auf die Katastrophe.

20. April

Ich habe ihren Schreibtisch durchsucht. Las in ihren Briefen und blätterte in ihrem Taschenkalender. Kinobesuche, Besprechungen, Skitouren, die wir gemeinsam gemacht haben, sie hat alles eingetragen. Ein kleines, auf wenige Stichworte geschrumpftes Tagebuch. An bestimmten Tagen finden sich kleine Bleistiftkreuze, deren Bedeutung ich aber nicht erraten kann.

Ihre Haarbürste fand ich unter einem schwarzen Unterrock auf dem Sessel.

21. April

Fuhr fast zehn Stunden. Bekam aber nur kurze Fahrten.

Abends traf ich Anna in der Küche, die zwei rohe Eier unter das Beefsteakhack manschte, das Fressen für Frank Zappa.

Was macht denn Karin in Berlin, fragte sie.

Sie trifft einen Freund.

Anna begann daraufhin, als habe sie nicht recht verstanden, von dem Konzert zu erzählen, das der Namensgeber von Frank Zappa neulich gegeben hatte.

Musikalisch war das ziemlich hausbacken, sagte sie, wenn man bedenkt, daß Frank Zappa der erste war, der sich für ein Plakat auf dem Klo sitzend fotografieren ließ.

Es klingelte. Sie stand sofort auf und sagte, das ist für mich. Es war Punkt sieben und ihr Verehrer, der Archäologie-Assistent, kam. Sie führte ihn in ihr Zimmer.

Vor meinen Füßen fraß Frank Zappa. Mit stumpfsinniger Gier verschlang er das Hack.

Im Fernsehen eine Meisterschaft im Eiskunstlaufen. Las in den Briefen, die Freundinnen an Karin geschrieben hatten. Ich wurde darin meist nur am Schluß herzlich gegrüßt. Trank den Rotwein, den sie vor ein paar Tagen gekauft hatte, und sah zwischendurch, wie die Männer auf dem Eis ihren Partnerinnen zwischen die Beine griffen und sie über den Kopf stemmten.

22. April
Fuhr frühmorgens zum Flughafen.

Am Stand mindestens fünfzig Taxen. Ich stellte mich zu den anderen Fahrern. Sie erzählten von ihren weitesten Fahrten. Einer war vor drei Wochen in Paris gewesen. Er hatte hier einen Vertreter für Schiffsturbinen bekommen, der am nächsten Morgen in Paris sein mußte. Es ging um ein Millionengeschäft. Der Flughafen war wegen Nebel geschlossen.

Wieder im Auto, hörte ich auf Ö3 Bob Dylan. Sie wußte, als wir uns kennenlernten, jedes Lied von Bob Dylan auswendig.

Gegenüber, am Flughafeneingang (Abflug), öffnete und schloß sich eine der automatischen Türen, ohne daß jemand herausgekommen oder hineingegangen wäre. Wahrscheinlich war die Steuerung kaputt.

Als sie vor einer Woche von dem Kongreß zurückkam und ich sie vom Bahnhof abholte, war die Umarmung – bilde ich mir heute ein – wie immer. Aber schon auf dem Bahnsteig sagte sie: Ich muß mit dir reden. Bevor es dazu kam, fuhr mich ein Gepäckwagen ziemlich schmerzhaft an. Erst zu Hause, in der Küche, am Tisch, sagte sie unvermittelt: Was ich dir gleich sagen wollte, ich habe mit einem Mann geschlafen.

Sie sagte das, während sie Zwiebeln schnitt und dabei – wie immer – weinte. Ich pellte Kartoffeln. Sie wolle, sagte sie, für ein paar Tage nach Berlin fahren und ihn dort treffen. Vorsichtig zog ich die Schale ab. Das Wort Erdapfel kam mir in den Kopf, und ich dachte, wie unfaßbar schwer er in der Hand lag, bis ich merkte, daß es die Hitze war. Das Bemühen, vernünftig zu sein, wie wir es vereinbart hatten. Jetzt versuche ich, mich immer wieder selbst zur Vernunft zu bringen, indem ich mir Sätze vorsage, die von ihr stammen, wie: Jeder hat das Recht, auch seine eigenen Erfahrungen zu machen. Was einfach ausgedrückt doch wohl heißt: Ich will auch mal mit einem anderen vögeln.

Beim Aufrücken mit dem Wagen entdeckte ich, daß ein Kind drinnen mit dem Mechanismus der Tür spielte. Es fuhr mit der Hand durch die Lichtschranke und lachte, wenn sich die Tür automatisch öffnete und wieder schloß.

Abends.

Kam nach Hause und hatte einen Moment das Gefühl, sie sei zurückgekommen. Aber es war nur Oberhofer, der in der Küche kramte. Ich sah ihn vor dem Eisschrank gebückt. Er ist der einzige, der hin und wieder den Eisschrank ausräumt und säubert.

Aus Annas Zimmer kam das übliche Gemurmel. Sie hatte wieder Besuch von dem Assistenten, mit dem sie bis in die Morgenstunden darüber redet (idiotischerweise flüstern sie immer), warum sie nicht mit ihm schlafen kann. Am nächsten Tag wird sie wieder über Unausgeschlafenheit und Konzentrationsmangel klagen, was sie wiederum daran hindert, an ihrer Doktorarbeit zu schreiben. Der Vorwand der Treffen ist aber stets, daß sie mit dem Assistenten Probleme ihrer Arbeit (mykenische Goldmasken) durchsprechen will.

Ich war in Karins Zimmer und las Petras Briefe an Karin. Ich tat das mit dem Gefühl des Selbstekels.

Ich habe alle Briefe, die ich ihr geschrieben habe, herausgesucht und in mein Zimmer getragen.

Im Fernsehen ein alter Hans-Moser-Film, den ich mir ohne Ton ansehe.

Gegen elf kam Anna und sagte: Telefon, Karin. Ihre Stimme. Sie fragte, ob ich gerade die Treppe hochgelaufen sei. Ich sagte: Ja. Das Wetter in Berlin sei schön. Das Gespräch stockte, als ich sie fragte, wie es ihr denn ginge. Was für eine Frage, sagte sie plötzlich feindselig, was erwartest du darauf als Antwort. Ich sagte, daß ich das ohne Hintergedanken gefragt hätte. Wieso Hintergedanken? Ich habe das nur so hingesagt. Du sagst doch nie einfach so was hin. Willst du dich streiten. Willst du mir Vorwürfe machen. Dann, nach einer Pause, sagte sie, es ist besser, wir reden nicht weiter. Ich wollte dir nur sagen, daß ich nach dem 1. Mai zurückkomme. Und dann, wie zur Entschuldigung, sie wolle den 1. Mai einmal in Berlin erleben. Dann aber komme sie, weil sie ja dem Wollfritzen die Wohnung einrichten müsse. (Also kommt sie dann nicht meinetwegen.) Zum Schluß sagte sie: Bis dann.

> Eine kleine Mickymaus
> zog sich mal die Hose aus
> machte dann die Möse zu
> und raus bist du.

Jetzt, am Tisch sitzend, vor mir das Telefon, warte ich, da ich mir sage, sie kann mit einem so dämlichen: Bis dann – nicht eingehängt haben.

Ich warte und sage mir: Man muß von unseren Empfindungen die Atavismen abziehen wie die Häute einer Zwiebel. Die Liebe hat nicht den Kern, den man in sie hineingeheimnist.

Ich sage mir: Der Vorgang ist einfach – jemand tut sein Geschlechtsorgan in das Geschlechtsorgan eines anderen. Nur daß der andere K. ist.

Die Einsicht: daß in einer Welt des Habens Liebesverlust auch Besitzverlust ist.

Die Einsicht: daß im Verlassenwerden uns der Tod begegnet.

Die Einsicht: daß Eifersucht viel mit politischer Ökonomie zu tun hat.

Aber was soll der ganze abstrakte Quatsch!

Unerträglich: daß alle die mir so vertrauten Reaktionen auch ein anderer auslösen kann.

Saß vor dem Fernseher. Ein Eishockeyspiel Deutschland–USA. Ich verstand weder die Regeln, noch konnte ich den hin- und herflitzenden Puck verfolgen. Meine Enttäuschung, als die Absage kam. Auf allen Kanälen das graue Flimmern.

23. April
Träumte, daß ich durch eine parkähnliche Landschaft ging. Sah ein Fohlen auf einer Wiese. Der Wunsch, dieses Fohlen zu sein. Das Fohlen wurde geschlachtet, das Fell abgezogen. Ich durfte in die noch feuchte Haut steigen. Tollte auf der Wiese herum. Die Sonne schien warm und stark vom Himmel. Da begann die Haut zu trocknen und schrumpfte. Von den entsetzlichen Schmerzen schrie ich. Hörte meinen Schrei noch im Erwachen. Der Pyjama war naß von Schweiß und von Samen. Seit Jahren hatte ich erstmals wieder im Schlaf ejakuliert.

In der Morgenzeitung las ich von Idi Amins Soldaten, die an der Grenze zu Kenia in von ihnen selbst gelegte Minenfelder getrieben worden waren. Die immer wieder hörbaren Explosionen und die kaum verdeckte Genugtuung des Berichterstatters darüber.

Trank den Bananenlikör, den ich von Kreta mitgebracht hatte und den niemand mochte. Ein Gesöff wie süßer Leim. Rief bei W. an, daß ich heute nicht fahren könne.

Übelkeit. (Ich log nicht.) Hörte Udo Lindenberg und dann die Johannes-Passion:

> Der Vorhang reißt, der Fels zerfällt,
> Die Erde bebt, die Gräber spalten,
> Weil sie den Schöpfer sehn erkalten:
> Was willst du deines Ortes tun?

Schlief bis in den Abend.

Oberhofer weckte mich, Telefon.

W. wollte wissen, ob ich morgen wieder fahren könne, sonst müsse er sich sofort nach einem anderen Fahrer umsehen. Der Schornstein muß rauchen. Es war eine freundliche Drohung. Ich sagte zu.

Im Flur stand Oberhofer. Mit einem Arm schon im Mantel, wühlte er mit der anderen Hand in einem Aktenordner. Er mußte zu seiner Parteigruppe in die Uni und fragte mich überraschend, ob ich mitkommen wolle, ein brisantes Thema stehe zur Diskussion: Freiheit im Sozialismus. Ich muß ihn auf eine Weise angeblickt haben, daß er ging, ohne meine Antwort abzuwarten. Er mußte die Diskussion leiten.

Ich öffnete eine Dose Nasi Goreng, zerkrümelte den Reis in der Pfanne. Kurz blickte Anna herein, sagte, sie sei auf dem Sprung und Tschau.

In ihrem Zimmer winselte Frank Zappa. Ich holte ihn in die Küche. Er saß am Boden und beobachtete, wie ich die Eier in die Pfanne schlug. Aber die Spiegeleier, die ich sonst – im Gegensatz zu Karin – stets unversehrt auf den Reis schieben konnte, zerliefen diesmal schon in der Pfanne. Das feuchte Dotter erstarrte zu einer gelben

Pampe. Ich aß nur wenig, und auch Frank Zappa ließ Reis und Ei stehen. Nahm von den Bierflaschen Oberhofers und ging mit Frank Zappa in mein Zimmer, setzte mich an den Tisch. Das Schreiben macht alles erträglicher, auch das Selbstmitleid. Auf dem Fenstersims gurren Tauben, die Zuflucht vor dem Regen gesucht haben. Frank Zappa hat sich auf dem Sessel zusammengerollt und schläft. Ich mag keine Hunde, aber jetzt hat sein Schnaufen etwas Anheimelndes.

Gegen zwölf zu Bett. Konnte aber trotz des Biers nicht einschlafen.

24. April
Sah heute B. beim Tennisspielen. Er schlug einem Mädchen die Bälle vor die Füße und korrigierte durch Zurufe Schlägerhaltung und Beinarbeit. Das Mädchen stellte sich besonders dämlich an, lief aber mit grazilen Schrittchen und wippenden Brustspitzen auf dem Platz hin und her. B. machte ein kleines Kunststück. Er klemmte zwischen alle Finger der linken Hand Tennisbälle und drückte dann noch einen fünften Ball von unten hinein, so hielt er wie eine große Traube die Bälle in der Hand und ließ einen nach dem anderen fallen, um ihn ihr zuzuspielen. Zwischendurch erklärte er dem Mädchen den Balltrick, stand am Netz und versuchte, ihr die Bälle zwischen die Finger zu schieben. Sie gackerte. B. hatte eine Halbglatze bekommen, war aber braungebrannt und athletisch trainiert. Beim Lachen legte er, wie früher, den Kopf ins Genick.

Er hatte eine Dissertation schreiben wollen: Stifters *Nachsommer* als Reaktion auf die Revolution von 1848.

25. April

Am Stand eine lange Schlange. Regen. Ein Fahrer setzte sich zu mir in den Wagen. Er bot mir eine Zigarette an, und wir rauchten. Er sagte, daß er schon zwölf Jahre Taxe fahre. Jetzt besuche er Kurse, um Heilpraktiker zu werden.

Ich mußte ihm versprechen, zu ihm in die Praxis zu kommen. Zur Massage. In zwei Monaten sei Eröffnung. Visitenkarten hat er sich schon drucken lassen.

Nachmittags eine Fahrt vom Rundfunkhaus zum Flughafen. Den Mann hatte ich noch nie gesehen, aber seine Stimme kam mir bekannt vor. Er brachte dann seinen Beruf schnell selbst ins Gespräch. Rundfunkredakteur. Einige Male hatte ich von ihm Theater- und Konzertkritiken gehört, die er selbst verlas, mit einer bedeutungsvoll modellierten Stimme.

Er fragte, was ich studiere.

Literaturwissenschaft, hätte aber das Studium abgebrochen.

Was uns fehlt, sagte er, ist der Kritikernachwuchs, junge Leute, engagiert, mit sozialkritischem Biß. Er suche solche Leute, ob ich mich schon mal auf dem Gebiet versucht hätte.

Nein.

Dann fragte er, in welchem Trödel ich die Lederjacke gekauft habe.

Ein Erbstück, sagte ich. Mein Großvater war Marine-Luftschiffer. Er flog im Ersten Weltkrieg nach England und warf Fliegerpfeile auf Hull und London.

Interessant, sagte er und befühlte das Leder und die abgewetzten Metallknöpfe mit der Kaiserkrone. Ein schönes altes Stück. Er habe ein Faible für solche Sachen, so solide verarbeitet, so sichtbar alt und schonend abgetragen. Ob ich ihm die Jacke verkaufen wolle, 700 Mark.

Ich schüttelte den Kopf.

1000.

Die Jacke ist unverkäuflich.

Schade, sagte er.

Am Flughafen gab er mir fünf Mark Trinkgeld, gegen Quittung.

Die Legende von K.

Once upon a time ging Kerbel auf die Geburtstagsparty eines Freundes. Befragt, wie es ihm gehe, sprach er von der Qual der Zulassungsarbeit. Er komme damit nicht voran, auch sei er ständig von fiebrigen Grippen geplagt, die ihn stets als ersten erreichten, die Hongkong-Grippe, die Schweine-Grippe, die Kanton-Grippe. Er saß herum und knabberte Salzstangen. Gern hätte er sich mit der Frau unterhalten, die ihm gegenübersaß, aber mit einem Maler in ein Gespräch über Fotorealismus verwickelt war. Kerbel hatte sich schon entschlossen zu gehen, da kam plötzlich die Rede auf Filme, und jeder in der Runde nannte seinen Lieblingsfilm.

Kerbel sagte: *Andrej Rubljow* von Tarkowskij und begann, da niemand den Film gesehen hatte, sogleich zu erzählen: wie der Bauer in einem Fellballon aufsteigt und abstürzt, wie der Mönch durch den Regen geht, die Gaukler, die Bettler, die Strickreiter, die Bildhauer, die geblendet werden, das Kloster im Schnee, das Gemetzel in der Kirche, das Schweigegelübde, der Gaukler mit der abgeschnittenen Zunge, das Gießen der Glocke und zum

Schluß, ungeheuer, die Farbigkeit der Fresken, erst da merkt man, wie gedämpft braun die Farbe vorher war. Kerbel redete wie auf Flammen stehend von Einstellungen, Kamerafahrten und Bildschnitten. Unvergleichlich sei die russische Originalfassung, die er in Ost-Berlin gesehen habe (er war extra deswegen nach Berlin gefahren), denn das sei ein Ton, der das Schweigen eigentlich erst hörbar mache.

Alle saßen und sahen auf Kerbel.

In das Schweigen sagte die Frau, die Kerbel gegenübersaß: Ein Film-Jünger nach der Ausschüttung des Heiligen Geistes.

Alle lachten, auch Kerbel.

Karin war von dem Film enttäuscht gewesen. Aber wahrscheinlich hätte kein Film die von Kerbels Begeisterung hochgeschraubte Erwartung erfüllen können. Karin war an historischen Stoffen nicht sonderlich interessiert.

Die Slingpumps vor ihrem ungemachten Bett. Der Zwang, die Schuhe aufzuheben und sorgfältig zusammenzustellen. Ein Zwang, der sich sonderbarerweise nur bei ihren Sachen einstellt. Eine tief sitzende Vorstellung, sie müsse – im Gegensatz zu mir – ordentlich (sauber) sein.

Ich schreibe an ihrem Tisch, vor mir meine Fotografie.

Früher habe ich meine Nase als zu groß empfunden und sie durch Kontraktion der Nasenflügel schmaler zu machen versucht. Sie mag große Nasen. Kleinnäsige kriegen im Alter vergreiste Kindergesichter, sagte sie.

26. April

Elf Stunden im Wagen. Ein Besoffener, der sich nach Solln fahren ließ, dann aber nur noch acht Mark in den Taschen hatte. Dennoch ein guter Tagesschnitt von 168 Mark.

Das Bedürfnis zu laufen, aber auf Waldboden.

Habe sorgfältig alle Blattpflanzen gegossen, auch das Papyrosschilf. Sie behauptet, das Schilf mache die von der Heizung ausgetrocknete Luft wieder feucht, was für den Teint und die Atmungswege gut sei. Gran Chaco nennen (nannten?) wir dies Zimmer.

Jeder von uns muß das Recht haben, einmal wegzugehen und als ein anderer wiederzukommen, hatte sie gesagt, als wir zusammenzogen. Der andere ist Architekt. Er hat seinen ersten Wettbewerb gewonnen und wird in H. eine Kunsthalle bauen. Mehr hat sie über ihn nicht erzählt. Und doch ist damit viel gesagt. Das ist der Typ, der sich in den Heiratsanzeigen der *Zeit* so vorstellt: Junger erfolgreicher Architekt, ruhig und doch dynamisch, guter Tennisspieler, allem Neuen gegenüber aufgeschlossen, Frankreichfahrer, speziell Burgund, Provence und Auvergne.

Mir dagegen versucht man die Jacke abzukaufen.

In ihrem Schreibtisch habe ich Referate und Aufzeichnungen von mir gefunden. *Der Fetischcharakter der Ware und sein Geheimnis.* 1971 in einem politischen Arbeitskreis gehalten. Ich konnte einmal, was ich von mir heute nur noch wie von einer anderen Person denken kann, vor einem Hörsaal reden und diskutieren. Noch vor drei Jahren bin ich durch Vorlesungen und Seminare gerannt und habe dort zum Kampf gegen die neue Studienordnung aufgerufen. Habe geholfen, Teach-ins vorzubereiten

und Flugblätter zu schreiben. Gegen die Zwangsexmatri-
kulation.

Die Devise war: Die neue Prüfungsordnung muß vom
Tisch. Dabei wußten alle, daß die gar nicht mehr vom
Tisch kommen konnte. Und insgeheim wußte ich schon
damals, daß die ganze Arbeit umsonst sein würde. Aber
niemand sprach das aus. Da gab es nämlich diesen Vor-
schlaghammer: Zurückweichler.

Was für eine wirkungslose Betriebsamkeit. Und ich
kann von dieser Zeit in mir nichts finden, außer dem
faden Gefühl, Zeit vertan zu haben. Ich bin ganz langsam
an die Wand geschoben worden. Natürlich hat Oberhofer
recht (wie immer), wenn er sagt, man muß sich wehren,
man muß das Mögliche tun. Aber vielleicht hätte man
auch etwas anderes, etwas *Realistisches* tun können. Aber
was?

Dann traf ich K.

In derselben Schublade lagen meine biographischen
Notizen, die ich ihr vor gut zwei Jahren zum Lesen gegeben hatte. Das sollte ein biographischer Roman werden.
Sie hat dann aber nie mit mir darüber geredet, worüber
ich froh war. Und ich habe auch nicht mehr daran geschrieben, und in letzter Zeit nicht einmal mehr daran
gedacht. Neben einigen Notizen hat sie mit Bleistift Fra-
ge- und Ausrufungszeichen gemacht.

Ich trage alles in mein Zimmer.

Biographische Notizen. Kindheit 1
Kerbel malte gern. Der Vater, der Kunstmaler hatte werden wollen, sah die Zeichnungen durch und schrieb No-
ten darunter. Einmal zerriß er ein Blatt.

Kerbel hatte ein Segelschiff gemalt, das durch eine wildbewegte See fährt. Die Flagge, groß und bunt, wehte nach hinten aus. Der Vater betrachtete das Bild, sagte, es sei gut gemalt, aber falsch. Der Wind komme, wie man an der Stellung der Segel sehen könne, von hinten. Er schrieb eine 1 an den Rand, zerriß dann aber das Bild.

Von dem Tag an malte Kerbel nicht mehr.

27. April

Ich hatte mir vorgenommen, abends mit Anna über Karin zu reden. Im Zimmer ihr Freund aus Brüssel, den ich nur vom Telefon her kannte. Jurist und jetzt im diplomatischen Dienst bei der EG. Darum auch der SAAB-Turbo mit dem CC vor unserer Haustür. Peridam, den schlichten Adelsring am kleinen Finger, erzählte unaufgefordert von dem aufgeblähten Apparat der EG. Eine Verwaltung, die sich inzwischen schon wieder selbst verwalten muß, die ein äußerst vitales Eigenleben führt, unabhängig von der Außenwelt, wenn man einmal von den Steuergeldern absieht, die ihr aus den neun Ländern zufließen.

Offenbar wurde Peridam oft auf diesen Verwaltungsapparat angesprochen und entzog durch seine Radikalkritik jedem nur denkbaren Einwand gegen die Institution den Boden.

Er wollte aus seinem Wagen ein paar Flaschen Burgunder holen, vom Weingut eines französischen Kollegen.

Ich sagte, ich müsse weg, und ließ mich auch von Anna nicht zum Bleiben überreden.

Immer noch lag das Tiefdruckgebiet über Mitteleuropa fest, eingeklemmt zwischen zwei Hochdruckkeilen über

Grönland und Rußland. Polare Kaltluft strömte ein. Schneeregen fiel. Mich fror.

Im *Alten Ofen* standen die Veteranen der 68er Jahre, die meisten bärtig und langhaarig, einige waren kahl. Sie standen, als warteten sie schon seit Jahren hier, tranken ihr Bier und redeten davon, daß unter dem Asphalt der Strand liege, man müsse nur das Pflaster aufreißen.

Es gibt eine Fotografie von Jerome, dem Apachen-Häuptling, der einmal eine Eskadron der US-Kavallerie geschlagen hat. Die Fotografie zeigt ihn ein Jahrzehnt später, in dem ihm zugewiesenen Reservat. Vor einem abgerissenen Wigwam, neben sich vier zerlumpte Frauen, von denen eine ein greisenhaftes Kind in den Armen hält, sitzt er da, krumm, die Hände gichtig, ein vom Alkohol zerstörtes Gesicht, die Augen so stumpf, als habe sich zum Schutz eine Hornhaut darübergezogen.

Jemand winkte mir vom Tresen.

Ich kaufte Bier und ging nach Hause.

Kindheit 2

Die Großmutter kam aus Ostpreußen. Sie war als Findelkind auf einem Gut nahe bei Dubeningen aufgewachsen und hatte dort später gegen Kost und Logis als Magd gearbeitet. Den Kindern erzählte sie manchmal, wie im Winter die Wölfe aus den polnischen Sümpfen herüberkamen.

Einmal, in einem besonders strengen Winter, war ein Kind, das früh morgens, also noch in der Dunkelheit, Milch vom Stall ins Herrenhaus hatte tragen sollen, von hungrigen Wölfen angefallen worden. Auf die Schreie des Kindes kamen Knechte mit Fackeln und Knüppeln gelaufen. Aber ganz gegen ihr sonstiges Verhalten ließen die Wölfe nicht von dem Kind, sondern zerrten es durch den Schnee. Bei Tageslicht sah man den Schnee zerwühlt und rot von Blut. Die angefressene Leiche des Kindes fand man im nahen Unterholz.

Diese Erzählungen bewirkten, daß Kerbel als Kind eine entsetzliche Angst vor dem Wald hatte, die sich auch später nie ganz verlor. So überkam ihn, wenn er abends von der Universität durch den Englischen Garten nach Hause ging, eine Unruhe, die ihn manchmal laufen ließ.

Der Klapperstorch

Einmal, zufällig, sah Kerbel seine Mutter im offenen Badezimmer nackt. Sie schlug die Tür vor ihm zu.

Eine Zeitlang streute Kerbel Salz auf das Fensterbrett. Die Mutter hatte gesagt, er solle sich ein Brüderchen wünschen. Er wünschte sich aber gar kein Brüderchen. Dennoch war er neugierig, ob er mit dem Salzstreuen etwas bewirken könne. Tatsächlich kam die Mutter wenig später ins Krankenhaus, und Kerbel wollte den Klapperstorch sehen. Aber der Vater verbot es. Am folgenden Tag sagte der Vater, Kerbel habe ein Schwesterlein bekommen, allerdings klebten zwei Finger zusammen, das komme vom Storchenbiß.

Am selben Tag erklärte ein älterer Junge Kerbel, wie Kinder gemacht werden: Hose runter, Beine breit, Ficken ist ne Kleinigkeit.

Der Vater bestritt den ihm so beschriebenen Vorgang.

28. April

Wachte auf, hellwach, aber völlig verstört. Konnte mich an keinen Traum erinnern. Hatte aber die tagtraumartige Vorstellung, daß sie gerade jetzt mit dem anderen im Bett zusammen war, sah zwischen ihren Beinen, deren Oberschenkel sie mit den Händen an den Leib zog, so daß die Knie ihre Brüste berührten, einen männlichen Körper, muskulös und behaart, sah einen massiven Schwanz, der nur aus ihrem Leib herausgezogen wurde, um sofort wieder darin zu verschwinden, sah deutlich ihre geschlossenen Augen und ihren leicht geöffneten Mund.

Ich duschte.

In der Küche saßen Anna, der Diplomat und Oberhofer. Sie stritten sich. Es mußte Oberhofer gelungen sein, irgendeine ungeschützte Stelle bei dem EG-Mann gefunden zu haben. In seiner furchtsamen Erregung wirkte der Diplomat plötzlich fast sympathisch. Oberhofer dagegen war ruhig wie stets. Anna, in einen übergroßen Schal gehüllt, der bei näherem Hinsehen ein Pullover war, goß mir Kaffee ein. Sie wollte mit Peridam ein paar Tage zum Skilaufen fahren.

Oberhofer stellte offenbar nicht nur den EG-Apparat in Frage, sondern die gesamte EG. Peridam sagte: Man muß das Machbare machen.

Oberhofer: Prost.

Oberhofer mit den schwarz über der Nasenwurzel zusammengewachsenen Augenbrauen ließ, während er redete, den Honig auf die Scheibe Brot tropfen. Es war – und das schüchtert auch mich stets ein –, als berühre ihn die Diskussion überhaupt nicht. Die Gegenargumente schien er alle im voraus zu kennen.

Anna machte keine Anstalten, Peridam beizuspringen.

Sie hörte zu. Dann begann sie, Sachen für die Reise zusammenzutragen. Als sie wieder einmal auf dem Flur kramte, ging ich ihr nach und fragte sie, ob sie von Karins Reise gewußt habe.

Ja. Karin habe ihr erzählt, daß sie nach Berlin fahren wolle. Sie habe noch um einen dicken Pullover gebeten. Aber von einem anderen Mann war nicht die Rede. Das alles tue ihr leid. Anna sagte das mit den Skisocken in der Hand. Dann hatte sie noch eine Bitte, ob ich in ihrer Abwesenheit Frank Zappa das Hackfleisch zubereiten könne.

Ich sagte, ja.

Auch sei es nötig, ihn mindestens zweimal am Tag auf die Straße zu führen. Allein dürfe er noch nicht runter, dafür sei er noch zu jung. Sie fragte nochmals, ob sie mir das zumuten könne.

29. April

Das Gelaber der Fahrgäste. Die meisten glauben, sie müßten den Fahrer unterhalten, reden dann in ihrer Hilflosigkeit vom Wetter. Andere fragen nach dem Studium, um zu zeigen, daß sie einen nicht für einen Taxifahrer halten, nach dem Motto: Qualität erkennt Qualität. Am schlimmsten aber die arrivierten Akademiker, die erzählen, sie hätten während ihres Studiums auch jobben müssen. Andererseits lenkt dieses Gerede mich von mir ab.

Fand abends einen Zettel an meiner Tür: Karin hat angerufen. Ruft morgen wieder an. Oberhofer.

Ich stürzte in Oberhofers Zimmer. Oberhofer war schon weg. Ich bekam eine maßlose Wut auf Oberhofer, weil er nicht die Uhrzeit des Anrufs auf den Zettel geschrieben hatte. In Annas Zimmer winselte Frank Zappa.

Er sprang an mir hoch, als ich die Tür aufschloß. Ihm war die leere Wohnung unheimlich.

Rief W. an und sagte ihm, daß ich morgen nicht fahren könne. Ich will ihren Anruf nicht verpassen.

Jan Mollsen

Am Sonntagmorgen durfte der kleine Kerbel zum Vater ins Bett kriechen. Der erzählte ihm dann die Fortsetzung einer schier endlosen Geschichte: Wie die Feldmaus Jan Mollsen von einer räuberischen Katze vertrieben wird und in einer alten Konservendose die Elbe hinunterfährt, welche Abenteuer sie auf der Reise zu bestehen hat, bis sie schließlich zu einer Sandbank kommt, wo schon ein schiffbrüchiger Igel lebt. Dort leben sie noch heute, friedlich und zufrieden, wenn sie nicht gestorben sind.

Was Kerbel später, nach dem Tod des Vaters, nie klären konnte, war, ob der Vater sich die Geschichte selbst ausgedacht oder sie irgendwann einmal gelesen hatte.

Auf einer Dampferfahrt nach Cuxhaven zeigte der Vater dem kleinen Kerbel die mit Weidenbüschen bestandene Insel.

Der Dampfer hieß *Jan Mollsen*.

30. April

Saß ab Mittag vor dem Fernseher, hatte aber wieder den Ton abgedreht. Hörte Platten. Frank Zappa störte immer wieder, kratzte, jaulte. Ich sperrte ihn in Annas Zimmer. Später sah ich, daß er auf den Teppich gepißt hatte. Ich legte eins von Karins Frotteetüchern auf die feuchte Stelle. Im Fernsehen wurde ein Film über das Leben der Biber gezeigt, wie sie ihre Burgen bauen, wie sie aus Knüppeln Dämme anlegen, dazu hörte ich Corellis Concerti Grossi.

Abends klingelte es. Ich stürzte zur Tür, prellte mir die Schulter am Schrank im Korridor. Vor der Tür stand der Assistent.

Er wolle lediglich wissen, wann Anna wiederkomme.

Ich sagte, in ein paar Tagen. Sie hat Besuch aus Brüssel bekommen.

Ich weiß, sagte er, blieb aber stehen, den tropfenden Regenschirm in der Hand.

Ich lud ihn zu einem Bier ein. Wir saßen in der Küche am Tisch und tranken von Oberhofers Bier.

Er erzählte von seiner letzten Sommerreise nach Korsika. Er war mit seiner Frau und seinen drei Kindern im Auto gefahren und hatte sich ein Haus am Meer gemietet.

Haben Sie schon einmal Meeresleuchten gesehen?

Ich schüttelte den Kopf.

Er beschrieb das Meeresleuchten und dann den biologischen Vorgang, der zum Meeresleuchten führt. Dann saßen wir uns schweigend gegenüber. Draußen hörte man den Regen auf das mit Blech belegte Fenstersims prasseln. Knackend zog er sich die Finger aus dem Gelenk und renkte sie dann wieder ein. Er könne sich nicht entscheiden, er wisse einfach nicht, was er tun solle. Anna verlange von ihm erst einmal klare Verhältnisse, er solle sich von seiner Frau trennen. Erst wenn er sich getrennt habe, könne sie ihm sagen, ob sie dann mit ihm zusammenziehen würde. Also nicht einmal eine Zusage für den Fall, daß er die Absicht habe, sich zu trennen. Er trage sich jetzt mit dem Gedanken, seine Frau einzuweihen. Und das, obwohl er gar nicht weiß, was er eigentlich sagen soll, außer, daß er Anna liebe. Irgend etwas gestehen müsse er ihr nicht, da er noch nicht einmal mit Anna geschlafen habe. Wieder knackte er mit den Fingergelenken. Seiner Frau müsse er nämlich, wollte er wirklich aufrichtig sein, etwas ganz anderes sagen. Er sah plötzlich vom Bierglas hoch und blickte mich an: Wissen Sie eigentlich, wie das ist, mit einem Menschen zusammenzuleben, den man sehr, sehr mag, dessen körperliche Gegenwart aber in bestimmten Situationen einen nicht kontrollierbaren Widerwillen auslöst, ja sogar Ekel. Er redete jetzt wieder ins Bierglas: Sie riecht, sie hat seit der Geburt des dritten Kindes einen übelriechenden Ausfluß. Sie bestreitet das, auch Ärzte, die sie konsultierte, wollen keine Anomalie gefunden haben. Und doch ist es so. Wissen Sie, sagte er, mich jetzt wieder anblickend, ich habe eine sehr feine Nase.

Den Geruch nach Scheiße habe ich auch gleich in der Nase gehabt, sagte ich, als Sie hereinkamen.

Er hob die Füße und untersuchte mit einer übertriebenen Verrenkung die Schuhsohlen.

Nichts, sagte er, hier sehen Sie, und er streckte mir demonstrativ jeden Schuh entgegen.

Später, als ich aufstand, um ein neues Bier zu holen, sah ich, daß Frank Zappa neben den Eisschrank geschissen hatte.

Ich bat ihn, mit Frank Zappa auf die Straße zu gehen (immerhin Annas Hund); ich könne leider nicht weg, da ich einen dringenden Anruf erwarte. Frank Zappa wollte aber nicht mit dem Assistenten gehen. Der schleifte das sich sträubende Tier an der Leine aus Annas Zimmer und die Treppe hinunter.

Nach einer Viertelstunde kam er mit dem durchnäßten Hund zurück. Das angetrunkene Bier wollte er nicht austrinken. Er müsse nach Hause, seine Frau warte mit dem Abendessen.

Auf dem Bildschirm zeigte Diplom-Meteorologe Thüne auf ein langgestrecktes Tiefdruckgebiet, das ganz Mitteleuropa abdeckte. Als Thüne gerade zu der Vorhersage für den kommenden Tag ansetzte, ließ ihn eine Bildstörung verschwinden.

Ich sprang auf. Gerade an der Wettervorhersage des kommenden Tages lag mir plötzlich alles. Ich versuchte, durch Schläge und Rütteln das Bild wieder in den Apparat zu bekommen. Als es kam, las eine Ansagerin mit gepanzerter Dauerwelle das abendliche Programm vor. Ich schaltete das Gerät aus.

Ich will über *sie* schreiben, aber was mir einfällt, bin *ich*.

Unter der Eisentralje
Colosseum hieß der Gasthof der Großmutter (väterlicherseits) in Mölln, wo Kerbel seine Schulferien im Sommer verbrachte. Ein weißgetünchter Backsteinbau aus der Jahrhundertwende (damals hoffte man auf die Sommergäste aus Hamburg und Berlin) mit Tanzsaal und daran anschließender Kegelbahn. An Samstagen, abends, beobachtete Kerbel aus dem Kellerfenster die Mädchen, die über ihm auf den Eisengittern standen. Hier kühlten sie sich während der Tanzpausen in der Abendluft. Kerbel hörte ihr Getuschel und Gelächter, sah Röcke, Beine, Strümpfe und manchmal hell das Fleisch der Schenkel.

Einmal überraschte ihn die Großmutter, zog ihn am Ohr hinter sich die Treppe hinauf, sagte dann aber nichts der Mutter.

Gegen elf klingelte das Telefon. Ich war sicher, daß sie es sein würde. Überlegte, ob ich den Hörer abnehmen sollte. Genoß diesen Augenblick, mein Zögern, die Möglichkeit der Wahl. Würde ich nicht abheben, ich könnte aufstehen und wäre ein anderer.

Es war dann aber Anna, die sich nach Frank Zappa erkundigte, ob er sein Hack gefressen habe, ob er Gassi war, ob er in ihrem Zimmer schlafe. Ganz zum Schluß sagte sie: Das mit Karin, nimm dir das nicht so zu Herzen.

Was sollte ich darauf antworten, als: Ja, ja.

Sich etwas zu Herzen nehmen, wie altertümlich und doch genau.

Schlief im Sessel ein. Wachte morgens gegen 4 Uhr auf mit einem steifen Hals, vor mir das graue Flimmern des Fernsehers. Valium.

1. Mai (Internationaler Kampftag der Arbeiter)
Das Telefon kleingestellt, schlief ich tagsüber in ihrem Bett. Bekam ich als Kind eine Angina, durfte ich im Bett bleiben, auch wenn ich kaum Fieber hatte.

Draußen Regen. Oberhofer trägt jetzt ein Transparent durch die Straßen.

2. Mai

Stand morgens früh auf. Die Augen rot und entzündet; setzte, obwohl es regnete, eine Sonnenbrille auf und holte Frank Zappa Hackfleisch und Eier. Er schlang das Fressen hinunter.

Sah vom Küchenfenster aus auf der anderen Straßenseite eine Frau in einem schwarzen Kostüm gehen, ein leichter und doch energischer Schritt, der immer wieder den bis zum Gesäß geschlitzten Rock öffnete und kurz die Innenseite der Schenkel entblößte. An das kühle Fenster gelehnt, begann ich zu onanieren. Da hörten die Freßgeräusche plötzlich auf, und Frank Zappa sah mir mit schräggelegtem Kopf zu. Ich mußte lachen und ließ es.

Nachmittags kam Oberhofer zurück, steckte kurz den Kopf zur Tür herein, sagte, die Demo in Essen sei riesig gewesen, sagte, er sei hundemüde, sagte, er müsse jetzt noch auf eine GO-Sitzung und sagte: Tschau.

Im vergangenen Jahr war ich mit ihr zusammen auf der Maifeier in H. Wir marschierten mit Freunden durch die Innenstadt zum Gewerkschaftshaus. Die Polizei prügelte ein paar Anarchisten aus dem Demonstrationszug, die an geparkte Autos Plaketten mit der Aufschrift *Dreck ist schön* geklebt hatten. Auf dem restlichen Weg konnte ich Fragen nur noch fahrig beantworten, da ich versuchte, einer langsam wachsenden Wut in mir Herr zu werden, Wut über mich, der ich beim Prügeln nur zugesehen hatte wie alle anderen auch.

Erst als wir den *Besenbinderhof* erreicht hatten, wo die Kundgebung stattfand, wurde ich ruhiger. Ein heißer, sommerlicher Tag.

Karin in einem lila Rüschenkleid. Die Arbeiterwohlfahrt verteilte Erbsensuppe aus zwei Gulaschkanonen. Ein Gewerkschaftsführer, der von der Notwendigkeit redete, bei Tarifabschlüssen die gesamte Wirtschaftslage zu berücksichtigen, wurde ausgepfiffen. Ein Arbeiter, ziemlich angetörnt, hängte sich bei K. ein, betonte immer wieder, er sei Arbeiter, und machte an ihr rum. Ich stand daneben und lachte. Sie hatte ihm – sie war fast einen Kopf größer – den Arm um die Schulter gelegt und rauchte seine Zigarre. Wir lagen auf einem räudigen Rasen und hörten die Menschen singen: Brüder zur Sonne zur Freiheit, und sangen selbst mit, wenn auch etwas hinterher, da wir den Text nicht kannten.

Abends.
Sie hat angerufen. Sie sagte, sie hätte gestern den ganzen Tag über versucht, mich zu erreichen, aber es sei niemand dagewesen.
    Doch, sagte ich, ich war da.
    Und warum hast du nicht abgenommen?
    Ich hatte das Telefon kleingestellt. Ich wollte nachdenken.
    Nachdenken?
    Ja, über uns.
    Sie sagte, wir sollten darüber reden, wenn sie wieder in M. sei. (Wahrscheinlich rief sie aus der Wohnung des anderen an.)
    Sie waren im Kino, im Theater (Schaubühne), in einer Ausstellung. Sie erzählte von der Stadt, als sei sie auf einer Klassenreise dort. Zum Schluß sagte sie, sie werde noch ein paar Tage bleiben.
    Und der Wollfritze mit seiner Villa, fragte ich.

Der muß eben noch warten, sagte sie und fügte hinzu: Bitte, du mußt auch noch etwas warten.

Bei der Suche nach Gründen für ihr Verhalten (für mein Verlassenwerden) kann ich nichts Außergewöhnliches entdecken, wenn man einmal von gewissen feinen Lähmungserscheinungen in der Beziehung absieht, die aber doch, finde ich, ganz normal sind.

Kindheit 3. Heises Wolkenschlacht
Heise wollte bei schlechtem Wetter die Wolken mit dem Besen von der Sonne schieben. Heise nannte Bäume: Regenblut. Heise ließ sich widerstandslos Kaugummis ins Haar kleben, Eisenkrampen gegen die Beine schießen und sagte nur: Ho, Ho. Heise, der Idiot, sagte Kerbels Vater. Aber der kleine Kerbel bewunderte Heise, saß in der Schule freiwillig neben ihm in der ersten Bank, trug ihm den Schulranzen nach Hause und hörte seinen Geschichten zu. Das war in der ersten Klasse. Heise war schon zweimal sitzengeblieben und wirklich bärenstark. Er schlug aber nie zurück.

Irgendwann begannen die anderen auch Kerbel zu hänseln: Doof bleibt doof, da helfen keine Pillen. Da schoß auch Kerbel Heise Eisenkrampen gegen die Beine.

Wenig später wurde ein Platz auf einer Sonderschule frei, und Heise kam dorthin, und dann nach zwei Jahren in die Anstalt Ochsenzoll. Dort besuchte ihn seine Mutter einmal in der Woche und brachte ihm Zimtsterne mit. Die erinnerten ihn an den Weihnachtsabend. Zum Dank sagte er ein Gedicht auf, das man ihm auf der Schule beigebracht hatte: Ich bin groß, mein Geist ist klein, soll niemand drin wohnen als Gott, das alte Schwein. Gelegentlich eines Besuchs in H. hörte Kerbel von seiner Mutter, daß Heises Mutter vor knapp einem Jahr verstorben war.

3. Mai
Im alten China wurden den Mädchen die Füße derart eingebunden, daß sie nicht wachsen konnten. Auf der Fotografie in einer Zeitschrift sehe ich eine alte Frau auf winzigen verkrüppelten Füßen stehen. Es heißt, diese kleinen Füße hätten einen starken erotischen Reiz ausgeübt.

Kerbels Verweichlichung
Gehirnerweichung, Verweichlichung, Verblödung (Der Vater)

Kerbel durfte die Toilettentür nicht verriegeln. Der Vater kontrollierte die Zeit. Er riß, während Kerbel auf dem Klo saß, zwischendurch die Tür auf, roch an Kerbels Händen. Er sah Kerbel starr in die Augen und behauptete, er könne es sofort sehen, wenn er *es* getan hätte.

4. Mai
Endlich ein sonniger Tag.

Aus einem Fenster hing eine dicke Frau mit einem kolossalen Busen, neben ihr auf der Fensterbank ein Bernhardiner. Die Frau kraulte dieses faltig fette Vieh in einer obszönen Weise.

Ich lief durch die Straßen und ertappte mich immer wieder dabei, wie ich in einigen Frauen etwas von K. zu erkennen glaubte.

Ihre runden Brüste, ihr hastiger Gang. Die Angewohnheit, beim Gehen den Kopf weder nach links noch rechts zu bewegen, was ihr etwas Hochmütiges gibt.

Manchmal zu Hause hörte ich sie vom Flur aus bei Anna im Zimmer. Die beiden lachten, nein, sie gackerten. Anna, von der sie immer sagte, sie habe das Selbstverständnis einer Chinoiserie: wertvoll und zerbrechlich. Anna, von der sie sagte, sie könne deren Trennungsprobleme einfach nicht mehr hören. Und dann saß sie stundenlang mit ihr zusammen und trank Wein. Und immer wieder dieses Backfischgekicher. Fragte ich, worüber sie geredet hätten, antwortete sie: Anna habe von Peridam und dem Assistenten erzählt.

Sie hat die Angewohnheit, wenn sie etwas getrunken hat, Französisch zu sprechen, fehlerhaft und – was man bei ihr sonst kaum noch heraushören kann – mit einer enormen norddeutschen Dialektfärbung.

Setzt sie sich hinter das Steuer, zieht sie sich mit einem raschen Griff das Kleid hoch, so daß man ihre Knie und ein Stück ihrer Oberschenkel sehen kann.

Sie war einmal beim plötzlichen Bremsen mit dem Absatz im Rocksaum hängengeblieben und auf einen anderen Wagen aufgefahren.

Der Gedanke, daß sie gerade jetzt mit dem anderen in einem Straßencafé sitzt und sich – eine ihrer Gewohnheiten – seine Hand zwischen die Knie klemmt.

Jeder von uns, sagte sie, ist etwas von dem anderen. Seit wir uns kennen (zusammen sind), drei Jahre also, haben Übertragungen stattgefunden. Sehweisen, Vorlieben, Abneigungen. Ein gegenseitiger Bewußtseinsaustausch, minimale, aber doch bedeutsame Verschiebungen, die endlich auch das Denken und Handeln bestimmen. So kommt es, daß man sagt, man kennt den anderen wie sich selbst. Die Gefahr der Erstarrung, die Abtötung neuer Erfahrungen. Aber gerade das wollten wir (sie, vor allem sie) nicht zulassen. Nicht am gegenseitigen Überdruß ersticken, sondern sich auch für den Widerspruch offenhalten, für das Neue (damals sagte ich: Ja, überzeugt, wenn auch mit einer nicht eingestandenen Angst), und jetzt, plötzlich, ist man das Alte, und der Zauber des Neuen, das Frische eines anderen Lebens, anderer Gedankengänge, anderer Vorlieben, anderer Idiosynkrasien, also eine reichere Sinnlichkeit und damit Lebendigkeit, das alles stellt sich jäh gegen einen (mich), das läßt einen (mich) zurück, behaftet mit dem Mangel der Gewohnheit, und dieser Mangel ist durch nichts auszugleichen als – allenfalls – durch das Vertrautsein. Jetzt bin ich bei ihr als Teil ihres Bewußtseins, als Erinnerung, eine Erinnerung aber, die jede ihrer Erfahrungen trübt, denn dort in München sitzt jemand allein, verletzt, während sie die Wärme seiner Hand an ihren Schenkeln spürt.

Nachmittags habe ich vor einer Buchhandlung L. getroffen, der einmal, it's long ago, einer der Köpfe der Studentenbewegung in M. war. Ich habe ihn damals, in meinem ersten Semester, erlebt (und bewundert), wie er von einer Empore im Lichthof der Uni zum Sturm auf das Rektoratszimmer aufrief und wie er die Demonstranten zu einem Sitzstreik auf die Gleise vor dem Hauptbahnhof einwies.

Auf meine Frage, was er denn jetzt mache, sagte er: Pressechef in einem Verlag und stellte den Kragen seines Trenchcoats hoch, dessen Gürtel auf dem Rücken verknotet war. Vorige Woche sei er in London gewesen, übermorgen fliege er nach Wien. Er konnte sich entspannen, als er hörte, daß ich Taxi fahre. Er lud mich zu einem Kaffee ein.

Er löffelte den Schaum vom Cappuccino und sagte, er habe da etwas Interessantes für mich, einen gutdotierten Job. Er habe gerade mit einem Redakteur vom *Playboy* gesprochen, ein netter Typ, kritisch, ja sogar irgendwo auch links, im weitesten Sinn natürlich, der suche einen Texter für Bildlegenden, du verstehst, keine Hauruck-Kommentare, nichts, was mit der Faust in der Hosentasche geschrieben wird.

Ich sagte, ich sei mit der Taxifahrerei ganz zufrieden.

Er meinte, ich solle es mir überlegen. Der Job sei eine richtige Schottergrube. All diese Jobs würden extrem gut bezahlt, die Gefahr, ins Nichts zu stürzen, sei allerdings ziemlich groß. Er habe versucht vorzusorgen.

L. hat sich in Portugal an der Atlantikküste bei Sines ein Haus gekauft, für nur 6000 Mark. Allerdings muß es noch renoviert werden, was er selbst machen will, aus Spaß an der Sache. Er bestand darauf, meinen Kaffee zu zahlen, und sagte, irgendwann werde er einfach aus dem Medienwolf aussteigen und ganz nach Portugal ziehen. Nicht weit von seinem Haus stehe ein Korkwald nebst Haus zum Verkauf, für ganze 20 000 Mark. Er schlürfte den Rest seines Cappuccinos und sagte: ein paar Schafe,

einen Garten, Bienenstöcke, Wein, Sonne und die Kork-
rinde von den Bäumen schälen, das ist das Glück. Er
fragte dann nach Oberhofer, aber ich merkte, daß er
eigentlich nach K. fragen wollte. Was macht Oberhofer?
Ist der immer noch stramm dabei, das Proletariat für die
Revolution zu organisieren? Erstaunlich, dieser Oberhofer, ein Fossil. Irgendwie hat der sich kaum verändert,
sagte er und betonte, er wisse nicht, ob er das gut oder
schlecht finden solle. Vor einem halben Jahr habe er ihn
einmal getroffen, zufällig auf der Straße, da habe ihm
Oberhofer sofort eine Unterschrift abpressen wollen für
Frieden und Abrüstung. Nach Karin wolle er lieber gar
nicht fragen, bei der heute grassierenden Instabilität der
Beziehungen. Er sah mich erwartungsvoll an.

Ich sagte, sie sei momentan in Berlin.

Es war der Wunsch von L., einmal mit seiner Freundin
und uns (vor allem mit Karin) in den Urlaub zu fahren.
Er hatte sich früher – noch bevor ich K. kennenlernte –
um sie bemüht. Ohne Erfolg. Die Hoffnung, doch noch
mal mit ihr ins Bett zu gehen, hatte er nie aufgegeben.
War er betrunken, bekam er, der sich vor drei Jahren von
Frau und Kindern getrennt hatte, etwas Mitleiderregen-
des (an dem nichts Wehleidiges war, eher eine fidele
Melancholie), und er hoffte dann, wie K. das nannte, bei
den Frauen auf einen Freifahrtschein.

Schon im Aufstehen sagte er: Wir könnten doch alle
mal nach Portugal fahren, sprich doch mal mit Karin.

Wir gingen noch ein Stück gemeinsam. Er hatte Eisen
unter den Schuhen, elegante Halbschuhe.

Als ich mich verabschiedete, sagte L., ich solle mir
seinen Vorschlag mit dem *Playboy* überlegen. Die witzig-
sten Flugblätter an der Uni hätte doch früher ich verfaßt.

Wenn Oberhofer und Genossen heute solche Flugblätter schrieben, hätten sie vielleicht die Massenbasis, von der sie ständig reden.

Ich sagte, wir hätten die Massenbasis damals trotz der witzigen Flugblätter auch nicht gehabt. Außerdem, was er gegen das Taxifahren habe. Der Job ist so gut wie irgendein anderer, Lehrer, Bildtexter oder Pressechef.

Ja, sagte er, da hast du recht.

Als wir uns verabschiedeten, fragte er: Wo hast du die Lederjacke gekauft?

Obwohl er sie früher oft hatte an mir sehen können, schien er sie erst jetzt richtig wahrzunehmen. Ich sagte, es sei ein unverkäufliches Erbstück.

Kaufte im Supermarkt zwei Kasten Bier und zwei Flaschen Whisky, die ich in der Zwischenzeit aus Oberhofers Beständen getrunken hatte. Saß dann vor dem Fernseher und sah einen Bericht im Regionalprogramm über die Dressur von Polizei-Schäferhunden. Gelernt werden mußte: Das Kriechen am Stachelhalsband.

Ich mußte immer wieder an die Korkeichen denken.

5. *Mai*
Lief durch Schwabing. Durchsonnte Straßen. Jetzt, nach den vergangenen regnerischen Tagen, scheinen mir alle Dinge näher und offener. Der Wind drückt den Frauen die Kleider zwischen die Schenkel.

Habe mir den *Playboy* gekauft und die Bildunterschriften studiert. Mir wollten vergleichbare Texte aber nicht einfallen.

Ging über den Alten Schwabinger Friedhof, auf dem seit Jahrzehnten niemand mehr begraben wird. Nachdenkliche Marmorengel wachen über die Gräber von Kommerzienräten und Oberamtmannswitwen. Auf den Parkbänken saßen Rentner und Mütter, deren Kinder zwischen den Grabsteinen spielten. Auf den Kieswegen im Spreizschritt die Tauben. Ich setzte mich auf eine Bank in die Sonne. Im letzten Sommer waren K. und ich oft auf diesem Friedhof. K. las *Hundert Jahre Einsamkeit* von García Márquez.

In mir ein Gefühl der Kälte, während draußen alles warm ist und hell illuminiert. Die Empörung darüber, daß dieses Wetter so gar nicht zu meinem Gemütszustand passen will. Warum soll dieser häßliche Riß in mir nicht auch durch den ganzen Kosmos gehen.

Zu Hause gab ich Frank Zappa Hundekuchen zu fressen. Oberhofer hatte ihn schon spazierengeführt. Ich setzte mich in ihr Zimmer. Draußen dämmerte es. Auf dem Flur höre ich Oberhofer telefonieren. Irgend jemand hatte in einer Diskussion nicht richtig getickt. Irgendeine Solidaritätsveranstaltung mußte vorbereitet werden. Irgend etwas mußte besser werden.

Ihre Haarbürste liegt noch auf dem Sessel wie bei ihrer Abreise, daneben der schwarze Unterrock.

Wenn sie sich kämmt, beugt sie sich nach vorn, läßt die schulterlangen Haare mit einer energischen Kopfbewegung vornüberfallen und fährt mit raschen, kräftigen Bürstenstrichen durchs Haar.

Ich warf meine Fotografie von ihrem Schreibtisch, zertrat das Glas, trampelte auf dem Rahmen herum.

Erst das Klingeln des Telefons brachte mich wieder zu mir. Ich stürzte hinaus. Als ich endlich den Telefonhörer in der Hand hatte, sagte eine Stimme: Entschuldigung, falsch verbunden.

Oberhofer stand in der Tür und fragte bestürzt, warum ich so laut lache.

Nichts, sagte ich, da war jemand falsch verbunden, und ging wieder in ihr Zimmer. Der Rahmen, eine Jugendstilarbeit aus Silber, war verbogen, an einer Stelle geplatzt, eine Lilie abgebrochen. K. hatte den Rahmen in einem Antiquitätengeschäft gekauft, um daraus einen Spiegel zu machen, hatte dann aber mein Foto hineingetan. Ich kroch auf dem Boden herum und sammelte die Glassplitter vom Teppich. Dann saß ich, den verbogenen Rahmen in der Hand, auf ihrem Bett und kam mir wie bei einer Gemeinheit ertappt vor. Ich werde ihn zum Silberschmied bringen müssen. Hoffentlich kann er ihn so restaurieren, daß nichts von dem Schaden zu sehen ist. Das Foto (ich) ist zerknittert und beschädigt und läßt sich nicht mehr glätten.

Rief W. an und entschuldigte mich, daß ich mich nicht früher gemeldet habe, aber ich sei in den letzten Tagen ziemlich kaputt gewesen. Er fragte (wofür ich ihm dankbar bin) nicht nach den Ursachen meines Kaputtseins.

Ob ich morgen für ihn fahren könne.

Er schwieg. Er schien nachzudenken. Schließlich sagte er, morgen gehe es nicht, aber in drei Tagen.

Ich glaube, es wäre auch schon morgen möglich gewesen, aber er wollte mir zeigen, so einfach geht das nicht, erst unentschuldigt wegbleiben, dann anrufen und am

nächsten Tag wieder fahren wollen. Ich goß die Blattge-
wächse in ihrem Zimmer und das Papyrusschilf. In ihrem
Bücherbord fand ich *Hundert Jahre Einsamkeit.*

Lesend hoffe ich, ihr auf eine wenig aggressive Weise
nahe zu sein.

6. Mai

Las in dem Buch ohne Unterbrechung bis nachmittags
und ging dann zu einem Silberschmied, den ich aus dem
Branchenbuch herausgesucht hatte. Der Silberschmied,
ein noch junger Mann in weißem Zahnarztkittel, drehte
den Rahmen hin und her, sagte: Hat da ein Verrückter
drauf rumgetrampelt? Ich sagte, es sei ein Erbstück und
ich wolle es einer Freundin schenken, ob man es restaurieren könne.

Schwierig, sagte er, schwierig. Aber er wolle es versuchen. Allerdings werde es ziemlich teuer.

Vor der Haustür traf ich den Assistenten.

Nein, sagte ich, Anna sei noch nicht zurückgekommen.
Dennoch kam er mit hoch.

Ich blieb in der Küche. Er sollte seinen Hintern nicht
in meinen Sessel pflanzen. Er tat dann auch so, als sei er
zu Hause, holte sich aus Annas Fach ein Bier und setzte
sich auf einen Stuhl und sah mir zu, wie ich Hundekuchen in einen Napf schüttete.

Er fragte, ob Frank Zappa zu dieser Zeit nicht sein
Beefsteakhack bekäme.

Da ich sicher war, daß er Anna von den Hundekuchen
erzählen würde, log ich, das sei Zusatzfutter, er habe sein
Hack schon bekommen. Nicht wahr, Franky Boy, sagte

ich. Der aber stoberte mißmutig in den trockenen Hundekuchen.

Der Assistent renkte sich die Finger ein und sagte, er beneide mich, Karin und ich seien eines der ganz wenigen Beispiele für eine harmonische und stabile Beziehung.

Ich schob die Pfanne auf den Herd.

Er habe einen Entschluß gefaßt.

Ich kippte den eingetrockneten Reis von vorgestern in die Pfanne und warf Margarine dazu.

Er werde sich, sagte er nach einer langen Pause, von seiner Frau und seinen Kindern trennen. Die Kinder seien in einem zumutbaren Alter, zwölf und dreizehn. Er wolle die Bedingung Annas erfüllen. Er habe auch schon mit seiner Frau gesprochen, die das alles – zu seiner riesengroßen Überraschung – gelassen aufgenommen habe. Sie habe ihm sogar einen Rat gegeben, und zwar, Anna zu fragen, ob sie sich denn im Gegenzug von ihrem Brüsseler Freund trennen würde. Was ich davon hielte.

Ich halte mich da raus, sagte ich und schnippelte Wurstscheiben in die Pfanne.

Er müsse unbedingt mit Anna reden, und zwar offen und rückhaltlos, ja. Dann packte er aus seiner Aktenmappe Fotokopien einiger Artikel über die Kuppelgräber aus Mykene aus. Er erzählte von Griechenland. Vor Jahren war er an einer Ausgrabung am Olymp beteiligt gewesen. Er knackte mit den Fingergelenken. Dieses nicht beschreibbare Blau (er sagte unbeschreibbare) des Himmels.

Ich begann zu essen, ohne ihm etwas anzubieten.

Er bat mich, ihm eine Frage zu beantworten, eine für ihn äußerst wichtige Frage.

Wenn ich kann.

Ob Anna Peridam liebe?

Woher soll ich das wissen.

Er hörte aber gar nicht zu, sagte, er sei überzeugt, daß er und Anna zusammenpaßten. Beide könnten voneinander profitieren. Wieder knackte er mit den Fingergelenken und sagte sein mechanisches: Verstehen Sie.

Ja.

Gedankenlos begann er in *Hundert Jahre Einsamkeit* zu blättern. Mir fiel nichts anderes ein, als ihn mit Frank Zappa runterzuschicken.

Ich sagte, daß ich Anna davon erzählen würde, wie er sich um Frank Zappa gekümmert habe.

Wieder weigerte sich Frank Zappa, mit dem Assistenten hinunterzugehen. Und wieder zog der ihn an der Leine wie zur Schlachtbank hinter sich her.

Er kam erst nach einer Stunde zurück, ohne Hund.

Der Hund sei ihm, als er ihn von der Leine gelassen habe, weggelaufen. In seinem Gesicht lag fast Entsetzen. Was wird Anna sagen? Nicht auszudenken! Was soll ich nur machen, rief er und begann, mit der Polizei und den verschiedenen Tierheimen zu telefonieren.

Ich erzählte ihm, daß die Polizei regelmäßig im Englischen Garten streunende Hunde abschießt.

Er versuchte, das Gartenbauamt anzurufen, aber die hatten längst Feierabend. Er ließ sich bei der Polizei mit der Hundestaffel verbinden. Er beschwor Beamte. Er beschrieb Rasse, Größe, Haarfarbe, die Schwanzform: ein Ringelschwanz. Nein, keine Promenadenmischung, ein echter, ein teurer pakistanischer Hirtenhund. Zwischendurch, die Hand auf der Sprechmuschel, sagte er immer wieder, er müsse eigentlich längst zu Hause sein, seine Frau mache sich bestimmt Sorgen. Er hoffte wohl, daß ich die Suche nach Frank Zappa übernehmen werde.

Ich sagte, ich müsse leider weg.

Was soll ich denn noch machen?

Ich schlug ihm vor, draußen zu suchen und Zettel zu schreiben: Hund entlaufen, Beschreibung von Frank Zappa und dann unsere Telefonnummer.

Ich stellte das Geschirr in die Spülmaschine und fragte, ob er wisse, daß Frank Zappa ein Geschenk von Peridam sei.

Ja, das wußte er.

Ob er auch wisse, daß Peridam den Hund einem blinden pakistanischen Hirten abgekauft habe?

Nein, das wußte er nicht. Furchtbar, sagte er, furchtbar.

Ich ließ ihn zurück, als er mit Filzstiften hantierte. Ich ging ins *Podium,* trank ein Bier und hörte eine mittelmäßige Oldtime-Band. Jemand blies eine Baßtuba, ein Instrument, das zu spielen ich mir als Junge gewünscht hatte.

Plötzlich kam mir der Gedanke, daß sie heute anrufen könnte. Ich zahlte und stand sofort auf. Während ich durch die Straßen lief, bildete ich mir ein, daß sie heute nach Hause (wie das klingt: nach Hause) kommen würde. Ich war überzeugt, sie sei schon zu Hause.

Als ich in die Wohnung kam, brannte in der Küche Licht. Ich riß die Küchentür auf, aber niemand war da. Der Assistent hatte vergessen, das Licht auszumachen.

7. Mai

Der Versuch, sie zu beschreiben, erstarrt mir schon im Kopf. Genaugenommen trage ich nur einen Formelvorrat an sie heran, der sie nie faßt, sondern nur ins Allgemeine herabzieht.

Ich habe alle ihre Fotos zusammengeräumt und in den Keller getragen. Ich will sie nicht sehen. Einen Moment habe ich gezögert, da es im Keller feucht ist, habe sie dann aber doch unten gelassen.

8. Mai

Jetzt hat sich über Deutschland, wie es im Wetterbericht hieß, ein Hochdruckkeil festgesetzt.

Ich fuhr fast elf Stunden und kam auf nur 134 Mark.

Als ich K. kennenlernte, hatte sie die Angewohnheit, sich das Haar durch eine kleine Kopfbewegung ins Gesicht zu schütteln. Sie hat, ohne daß ich sagen könnte wann und warum, diese Angewohnheit aufgegeben.

Am Anfang, vor drei Jahren

Sie hatte sich in den Kopf gesetzt, auf dem Turm die Initialen zu finden, die Goethe als Student in die Brüstung geritzt haben soll.

Die Sandsteinquader waren voll mit Namen, Daten und Zeichen. Wir suchten ziemlich lange, fanden die Initialen aber nicht. Wir setzten uns auf die Brüstung. Es war noch immer heiß und ein schmutziger Dunst lag über der Stadt. Auf der Turmplattform: Kippen, Plastiktüten und Bierdosen. Sie hatte sich den Slip schon ausgezogen, da kam noch ein älterer Mann herauf, von dem K. behauptete, daß er bestimmt Studienrat für Deutsch sei.

Als wir endlich hinunterstiegen, suchte er noch immer die Inschriften ab.

In der Wendeltreppe, weit unten, blieben wir. Sie hielt

sich, nach vorn gebeugt, am Geländer fest, und ich stand eine Stufe unter ihr. Von oben kamen plötzlich tappende Schritte näher. Draußen, vor dem Münster, behauptete sie, den steifen Hals erst vom Lachen bekommen zu haben.

9. Mai
Fuhr dreimal zum Flughafen hinaus, in der unsinnigen Hoffnung, daß sie heute zurückkommt.

Jedesmal mußte ich lange warten und bekam dann nur kurze Fahrten.

Ein Fahrer sagte, hier am Flughafen sei es wie im Spielkasino, mal geht nichts und mal rollt der Rubel.

Abends kam Oberhofer in die Küche, wo ich gerade die Spaghetti abschüttete. Er erzählte, den ganzen Tag sei das Telefon gegangen. Anonyme Anrufer hätten ihn beschimpft, einen Sodomisten genannt und ihm immer wieder gewünscht, er möge mit seiner Töle zur Hölle fahren. Die Hundefeindlichkeit sei hier, in der Nähe des Englischen Gartens, was er in diesem Ausmaß nie vermutet habe, enorm. Ein Anrufer habe sogar so etwas wie Klassenbewußtsein gezeigt und gesagt, die verdammten Rassehunde der Großkopferten solle man abschießen, kläffen herum und scheißen alles voll. Er habe daraufhin mit dem Mann den Unterschied zwischen einer alten Rentnerin, die sich ein Zamperl hält, und jenen Mic-Mac-Boys und -Girls diskutieren wollen, die mit umgehängten Hundeleinen ihre Edeltölen spazierenführen. Der Mann habe daraufhin nur gesagt: Auch das noch, ein Kommunistenschwein, und eingehängt.

Ich sagte: Frank Zappa gehört dann doch wohl mehr zur Mic-Mac-Klasse.

Der Assistent sei zweimal dagewesen, erzählte Oberhofer, immer in der Hoffnung, der Hund sei wieder zurückgekommen und warte vor der Tür. Er habe alle Tierheime in München und Umgebung abgeklappert, von Frank Zappa keine Spur. Morgen werde wohl Anna zurückkommen, sagte Oberhofer, grinste und fügte ganz beiläufig hinzu (wahrscheinlich weiß er gar nicht, warum K. in Berlin ist), Karin hat übrigens angerufen. Hier ist ihre Telefonnummer, unter der du sie erreichen kannst. Er reichte mir einen Zettel.

Ich holte mir das Telefon in mein Zimmer, begann zu wählen, legte wieder auf und versuchte, mich zu fassen. Ich legte mir zurecht, was ich sagen wollte, und wählte die Nummer. Jetzt läutete es in seiner Wohnung. Niemand meldete sich.

Ich ging zu Oberhofer und fragte, ob er sich nicht vielleicht beim Notieren der Nummer geirrt habe.

Nein, sagte er, er glaube nicht.

Hat sie sonst noch was gesagt?

Oberhofer dachte nach. Sie hat, glaube ich, nur gesagt, ich geb dir mal die Nummer, unter der ich zu erreichen bin.

Aber das kann doch nur bedeuten, dachte ich mir, daß sie mir etwas Wichtiges ausrichten will, vielleicht, wann sie nach München kommt, vielleicht, daß sie länger bleiben will.

Ich schwieg, und plötzlich fragte Oberhofer, warum ich nicht mein Studium abschließen wolle. Er erinnerte mich daran, daß ich vor zwei Jahren den Taxischein ausdrücklich gemacht hätte, um Geld für den Studienabschluß zu verdienen, und doch wohl nicht, um Taxifahrer zu werden.

Was hast du gegen Taxifahrer.

Nichts, sagte er, natürlich nichts, darum geht es nicht. Aber wenn du jetzt nicht die Kurve kriegst, dann kannst du das Studium endgültig an den Nagel hängen.

Als ich ihm sagte, du kommst doch vor lauter Politik-macherei auch zu nichts, da platzte es aus ihm heraus: Ich sei politisch völlig auf den Hund gekommen, meine politische Praxis sei gleich null.

Aber was ist das für eine politische Praxis, die sich nur noch als Ritual bewegt, ohne selbst etwas zu bewegen, fragte ich ihn.

Und, sagte er, was schlägst du vor zu tun.

Oberhofer wartete nicht auf meine Antwort, sondern redete weiter. Er sprach von der Notwendigkeit, in quali-fizierten Berufen zu arbeiten, von der politischen Bedeu-tung des Lehrerberufs. Er sprang auf, sagte, man dürfe gerade in solchen Zeiten nicht resignieren, sprach vom Durchhalten und davon, daß die demokratischen und revolutionären Kräfte wieder die Oberhand bekämen, er redete sich regelrecht in Hitze, was ich an ihm mochte, was ihn mir aber in letzter Zeit auch immer ferner rückte. Denn er deckt im Reden auch seine eigenen Zweifel zu.

Bis nachts um 3 Uhr versuchte ich, K. anzurufen. Ich ließ es läuten, bis das amtliche Besetztzeichen kam.

Hier kommt der Düstere, der Witwer, der
                                        Untröstliche,
Der Rabe, der Nimmermehr, der in eine alte Welt
Zu spät Gekommene.

Drummond de Anrade

Die Jahrhundertwelle (Familienchronik)

Kerbels Vater hatte sich, obwohl nur Volksschüler, vom Fernsprechmechaniker zur Selbständigkeit hochgearbeitet. Gebürtig in Mölln im Holsteinischen, kam er aus einer Gastwirtsfamilie. Den Großvater kannte Kerbel nur von Fotos: glatzköpfig, eine massige Figur in einem schwarzen Anzug, Schnürstiefel, die bis zu den Schäften unter den zu kurzen Hosenbeinen sichtbar waren. Er habe sich, hieß es, zu Tode getrunken. Die Großmutter führte den Gasthof weiter, unterstützt von ihrem Schwiegersohn, der zur See gefahren war. Von ihm hörte Kerbel, wenn er in den großen Ferien mit seiner Mutter und Schwester nach Mölln kam, Geschichten von Geisterschiffen im Atlantik, von den Gezeitenstrudeln bei der Insel Timor, von der Jahrhundertwelle, kolossal, 30 Meter hoch, so schob sie sich über den Atlantik.

Später hörte Kerbel, daß sein Onkel als Steward nur auf der Autofähre zwischen Lübeck und Trelleborg gefahren war.

Morgens saß Kerbel in dem noch leeren Schankraum und mußte, auch in den Ferien, für die Schule arbeiten. Die Versetzung stand in Frage.

Der Vater war vom Klassenlehrer in die Schule bestellt worden. Kerbel folge dem Unterricht nicht, er träume vor sich hin. Er glänze durch Abwesenheit. Diesen Satz trug der Vater nach Hause und wollte ihn, wie er sagte, Kerbel einbläuen. Der Vater prügelte mit einem Stock, den Kerbel sich einmal selbst geschnitten hatte. Flausen austreiben nannte der Vater das. Er tat das sachlich und stets mit dem Hinweis auf Kerbels Zukunft.

Einer jener Schnacks, die der Onkel manchmal abließ: Die Eingeborenen der Fidschi-Inseln haben Widerhaken an den Pinseln.

10. Mai
Fuhr fast elf Stunden, kam aber nicht auf den erforderlichen Schnitt. Zerstreut und unkonzentriert wäre ich beinah zweimal aufgefahren, wobei beim ersten Mal der vorn sitzende Fahrgast mit der Stirn gegen die Windschutzscheibe schlug. Kurioserweise war es ihm peinlicher als mir. Er entschuldigte sich mehrmals, daß er nicht aufgepaßt habe (ich entschuldigte mich dafür, daß ich plötzlich bremsen mußte). Auf meine Frage, ob er sich weh getan habe, beteuerte er, er spüre nichts, es sei überhaupt nicht der Rede wert. Aus seinem vorsichtigen Verhalten schloß ich, daß er selten Taxe fährt. Als er zahlte, bemerkte ich, daß er eine Beule an der Stirn bekommen würde. Beim Anfahren sah ich im Rückspiegel, wie er mit den Fingern die Stirn abtastete. Es ist lächerlich, aber sein Schmerz hängt mit dem meinen zusammen.

Mehrmals hielt ich unterwegs an und wählte die Berliner Nummer, aber niemand meldete sich. Oberhofer muß sich beim Notieren der Nummer geirrt haben. Man gibt nicht jemandem eine Telefonnummer, unter der man dann gar nicht erreichbar ist. Es sei denn, es verbirgt sich eine andere Absicht dahinter. Und ich ertappe mich immer wieder, wie ich K. irgendwelche Gemeinheiten unterstelle.

Abends drückte ich verschiedene Programme durch. Trank Rotwein, aber lustlos, und sah, wie es im Zimmer dämmerte.

Liebesäpfel

Die Familie fuhr Achterbahn, die Mutter klammerte sich an den Vater, die Schwester an Kerbel. Der Vater kaufte für die Kinder Zuckerstangen, rotweiß gedrehte Krückstöcke. Kerbel und seine Schwester durften Kettenkarussell fahren. Der Vater versuchte sich im Nägeleinschlagen und gewann eine rote Papierblume, ein Geschenk für die Mutter. So gingen sie eingehakt vor den Kindern, und der Vater griff in die Gesäßtasche, zog das Portemonnaie und kaufte zwei Liebesäpfel. Ein Mann auf Stelzen, als Hahn verkleidet, nahm einen Schluck aus der Flasche und spie an einer Fackel vorbei Feuer in die Luft. Auf dem Nachhauseweg taten Kerbel die Beine weh. Quengel nicht, sagte der Vater, die kleine Schwester auf den Schultern. Kerbel mußte mit dem Hinweis, er sei ja schon größer, an der Hand der Mutter laufen. Als er nicht aufhören wollte zu weinen, entzog sie ihm die Hand. Sie ließen ihn stehen und gingen weiter. Erst als er schrie, drehten sie sich um und riefen, er solle kommen. Kerbel wurde später immer wieder daran erinnert, wenn er am Sternschanzen-Bahnhof vorbeiging. In der Erinnerung war ihm auch dieses als Bild geblieben: Der Eisenbahnviadukt, von massiven Stahlpfeilern getragen, und darunter die rufenden Eltern, Christa auf den Schultern des Vaters, den darüberfahrenden Zügen so nah.

Die Himalaja-Zeder

Kerbel hatte als Junge eine umfangreiche Sammlung von Baumblättern angelegt. Er preßte die Blätter, trocknete sie und klebte sie dann auf weißes Papier. Nachdem er so alle erreichbaren einheimischen Laubarten gesammelt hatte, begann er, sich im Botanischen Garten umzusehen. Neu-seeländischer Ahorn. Himalaja-Zeder. Die Mutter stieg auf eine Bank und riß die gewünschten Blätter ab, während der kleine Kerbel aufpaßte, daß kein Wärter kam. Hatten sie die Blätter, gingen sie in eine nahegelegene Bäckerei. Kerbel bekam eine Limonade und einen Bienenstich. Die Mutter bestellte sich ein Kännchen Kaffee. Kerbel durfte den Würfelzucker in den Kaffee stippen und dann lutschen. Fast ein halbes Jahr ging die Mutter mit Kerbel jede Woche einmal in den Botanischen Garten und dann in das Café. Kerbels Schwester war während dieser Stunden bei einer Tante. Der Vater hatte das Abreißen der Blätter im Botanischen Garten verboten (wenn das jeder täte), so taten sie es heimlich.

11. Mai
Stand in der Mauerkircherstraße. Gleich die erste Fahrt ging nach Grünwald hinaus. Ein Vertreter für Öltanks. Er prophezeite für die nächsten Jahre einen Bauboom für Villen. Nach der Edelfreßwelle kommt die Edelwohnwelle. Auf meine Frage, woher die Leute das viele Geld hätten, wenn sie nicht gerade Fabrikbesitzer seien, sagte er: Sie glauben nicht, was in diesem Land vererbt wird.

In Grünwald fuhr ich in die Straße, in der das Haus des Wollimporteurs liegt, das K. einrichten soll. Da ich die Hausnummer nicht kannte, suchte ich nach einem Neubau und fand ihn auch, ein zweigeschossiges Haus, in sich etwas versetzt, unterschiedliche Fensterformen, die Wände in einem hellen Rotbraun geziegelt. Sofort kam mir der Verdacht, der andere könnte es gebaut haben. Was,

wie ich mir dann sagte, nicht sein konnte. Im Garten
lagen Säcke mit Torfmull herum, aufgeschüttete Humus-
erde, Kieshaufen. Alle Fenster waren mit bräunlichen
Scheiben verglast. Die Türen standen offen. Die Räume
waren durch unverputzte Ziegelwände unterteilt, Licht
fiel durch die Fenster und war doch gemildert. Aus der
oberen Etage kam ein merkwürdiges Scharren. Ich stieg
vorsichtig die Treppe hinauf und sah oben einen Maurer
auf dem Boden knien und die Ziegelwand mit einer Stahlbürste bearbeiten. Er entfernte Mörtelspritzer von den
Ziegeln. Sonst war niemand zu sehen. Er fragte mich, ob
ich wegen der Leitungsanschlüsse käme. Ich sagte, ich sei
der Partner der Innenarchitektin. Er stand auf, fuhr mit
der Hand über die gleichmäßig gemauerte Ziegelwand
und sagte, die Wand soll nach Willen des Architekten
unverputzt bleiben. Da kann man mal zeigen, was man
gelernt hat. Die Ecken sind besonders schwierig, da muß
alles genau sitzen. Leider wird das nur noch selten ver-
langt. Er lud mich zu einem Bier ein. Die Flaschen holte
er aus einer mit Wasser gefüllten Tonne. Die Leitungen
sind noch nicht angeschlossen. Alles verchromt, zeigte er,
und die elektrischen Leitungen in die Wand verlegt. Wir
setzten uns auf den von einem Baum beschatteten Balkon.
An der Gartenmauer standen Setzlinge, die Wurzeln mit
Säcken umwickelt. Vom Nachbarhaus hörte man aus einer offenstehenden Tür Klavierspiel. Der Maurer steckte
den kleinen Finger in den Flaschenhals und es machte:
Flopp. Prost. Wir saßen nebeneinander, ließen die Beine
vom Balkon baumeln und tranken, ohne etwas zu sagen.
Ich dachte, es müßte schön sein, solche Häuser zu bauen.
Aber der Gedanke war wie ein sanfter Druck, gegen den
ich mich wehren mußte. Und ich mußte an den anderen

denken, der solche Häuser bauen kann. Vor der Haus-
einfahrt sah ich das Taxi stehen. Der Maurer stand auf,
sagte: So, pack mas. Die Stahlbürste in der Hand ging er
prüfend die Wand entlang.

Der Bonsai

Ihm werden systematisch die Wurzeln und Zweige be-
schnitten. So kommt, was einmal eine Linde werden
sollte, als Topfpflanze ins Wohnzimmer: Meine Kinder-
stube.

Vom Verlust der Unschuld

Kurz vor seinem Abitur lernte Kerbel ein Mädchen kennen. Er ging mit ihr ein paarmal tanzen, dreimal ins Kino,
dann wußte er es einzurichten, daß er in ihrem Zimmer
bleiben konnte.

Als er versuchte, in sie einzudringen, mißlang es. Das
wiederholte sich später noch einige Male. Seine Erregung
schwand, wenn er neben dem Mädchen lag, das die Beine
anzog und sich ihm öffnete. Etwas kippte ihn aus der
Selbstverständlichkeit seines Fühlens heraus: eine unge-
wohnte Bewegung, übertriebenes Keuchen oder überhaupt kein Keuchen, das Quietschen oder das Wackeln
eines Betts – schon war seine Aufmerksamkeit ganz von
einem lächerlichen Detail beansprucht. Alle seine Sinne
waren darauf gerichtet, während er zugleich wußte, daß
das Mädchen ungeduldig wartete. Dann sah er sich plötzlich von außen, wie lächerlich verrenkt er dalag, wie angestrengt das Mädchen die Beine anzog, spürte kitzelnd
einen Schweißtropfen aus der Achsel den aufgestützten

Arm hinunterlaufen, dann war da ein Jucken auf der Kopfhaut, ein Ziehen in der Schulter, ein Krampf im Bein, dann dachte er, was ist das für eine Hutzel zwischen meinen Beinen, und er dachte ein Wort, von dem er glaubte, daß sie es denken müßte: Impotent. Er hatte den dringenden Wunsch, allein zu sein.

Gelegentlich einer Grippe besuchte Kerbel einen Arzt und erzählte ihm von seinem Versagen, indem er das mit seiner momentanen Grippe in Zusammenhang brachte. Aber der Arzt verstand ihn richtig, untersuchte ihn und stellte fest, daß keine hormonelle Störung vorlag. (Was Kerbel wußte, da er sich selbst befriedigen konnte.) Man darf sich nicht dabei beobachten, hatte der Arzt gesagt.

Kerbel begann, sich beim Beobachten zu beobachten.

12. Mai

Las von einem Film, der die Geschichte eines Heimzöglings erzählt: In Heimen aufgewachsen, dann mehrmals Knast, schließlich an der Fixe, nahm er sich 1975 das Leben. So die Wirklichkeit. Der Regisseur folgte dieser Biographie in seinem Film, änderte aber den Schluß. Der Junge nimmt sich nicht das Leben, sondern erkennt die Ursachen seiner Verletzungen, den Grund seiner Leiden und nimmt den Kampf gegen das herrschende Gesellschaftssystem auf.

Vielleicht hätte auch ich noch vor vier Jahren dieses Happy-End als Richtigstellung einer falschen Wirklichkeit empfunden.

13. Mai (nachmittags)
Ich habe in den Exzerpten und Notizen für meine Zulassungsarbeit geblättert. Drei dicke Aktenordner. Schon aus dem Gewicht dieses Papierberges lassen sich Rückschlüsse auf mein damaliges Verhältnis zur Literaturwissenschaft ziehen. Von der Arbeit selbst sind achtzig Seiten fertig, der Rest, der Schluß also, fehlt. Seit drei Jahren steht das in meinem Bücherbord, als Staubfänger. Ich überlegte, ob ich die Papierbündel nicht nehmen und in den Ascheimer stecken sollte. Ließ es dann aber doch, nicht weil ich insgeheim hoffe, die Arbeit zu beenden, sondern weil darin so viel Lebenszeit steckt.

Statt den Schluß der Arbeit zu schreiben, begann ich damals, mir Filmhandlungen auszudenken, und je näher der Abgabetermin heranrückte, desto ausführlicher wurden die Treatments. Am Tag der Abgabe für die Zulassungsarbeit schrieb ich die ersten Szenen eines Drehbuchs. Die Examensarbeit blieb unfertig, aber auch der Filmstoff.

Die Überquerung des Atlantiks und anderer Weltmeere
Dieter Schmidt, 25 Jahre, lebt in Coburg als Postangestellter. Eigentlich wollte er zur See fahren, was durch eine bedingte Farbenschwäche auf beiden Augen nicht möglich war. Seine Hobbys: Fußball, Briefmarken (Englische Kolonien), Kajakfahren. Er will den Atlantik überqueren, und zwar in einem Tretboot. In den ruhigen Mittagsstunden sitzt er hinter seinem Postschalter und studiert Seekarten, meteorologische Berichte und Strömungstabellen des Atlantiks. Abends arbeitet er an der Konstruktion des Tretboots, zeichnet und rechnet.

Das Modell ähnelt äußerlich einer fliegenden Untertasse, ein Ellipsoid mit seitlichen Stabilisatoren und zwei Schrauben. Im Inneren: eine Liege, Anrichte und Kocher, alles in Reichweite des Herzstücks dieses Apparats, des Antriebs, der viel Ähnlichkeit mit einem Fahrrad hat. Von den Pedalen werden – nach zahlreichen Übersetzungen in einem Zehngangsystem – die beiden Schrauben sowie ein Akku angetrieben.

Schmidt lernt nach Dienstschluß in einer Bauschlosserei das Schweißen und beginnt mit dem Bau des Boots. Er tut das heimlich. Aber dann kommt der Moment, wo seine Arbeit nicht länger zu übersehen ist. Erst weiht er seine Freundin in den Plan ein, dann auch die Freunde aus dem Fußballverein. Schließlich berichtet die Lokalzeitung über den Plan: Ein Sohn unserer Stadt bei der Verwirklichung eines Jugendtraums.

Eine andere Zeitung schrieb: Atlantiküberquerer baut Tretboot *Coburg*. Der Name unserer Stadt bald in aller Munde?

Beide Zeitungen brachten Bilder, die Schmidt zusammen mit seiner Freundin an dem Tretboot zeigen. Seine Freundin, eine Friseuse, die zunächst gegen sein Vorhaben war, überlegt sich inzwischen, ob sie nicht mitfahren soll. Schmidt fährt nach Bremen, um sich dort mit Fachleuten über seinen Plan zu besprechen. Er redet mit Kapitänen, Metereologen, Schiffsingenieuren. Alle raten ab. Selbst wenn die Kapsel unsinkbar ist, dürfe man die Wirkung von hohem Seegang nicht unterschätzen, man hätte, da die Kapsel beständig hin- und hergeworfen würde, entsetzlich unter Seekrankheit zu leiden, wie es auch in Rettungsinseln der Fall sei. Die Folgen: Physische Ermattung, sogar Irrsinn.

Schmidt kommt zurück und versucht, den Bau an dem Tretboot zu verlangsamen und ihn, wenn die Coburger sich wieder anderen Dingen zugewandt haben, abzubrechen. Aber inzwischen haben sich Helfer eingefunden, Handwerker, die nach Feierabend freiwillig mitarbeiten. Die Geschäfte weisen in ihren Auslagen darauf hin: Mit einem Radio von Elektro-Frosch über den Atlantik. Schweißarbeiten von der Firma Kleinschmidt: Sicher auch in Atlantikstürmen. Die ehemalige Hofbäkkerei zeigt in ihrem Schaufenster eine maßstabsgetreue Nachbildung des Tretboots aus Brotteig. Die Bäckerei liefert kostenlos ungesäuertes Brot und Zwieback für die Fahrt. Die Marinekameradschaft sammelt. Ein ehemaliger U-Bootkommandant erklärt in einem Interview der Lokalpresse, daß man sehr wohl mit einem solchen Boot über den Atlantik komme. Der Termin der Abreise rückt heran. In den Schulen von Coburg wird an Landkarten die Route studiert, die Schmidt nehmen will. Das Boot wird offiziell auf den Namen *Coburg* getauft. Bürgermeister und Stadtrat sind anwesend. Der Chor der Marinekameradschaft Coburg singt: Ik hev mol een Hamburger Veermaster sehn. Dann wird das Boot auf einen Tieflader gehoben. Die Transportkosten zur französischen Atlantikküste übernimmt die Stadtkasse.

Das letzte Bild: Schmidt entfernt sich langsam von der französischen Atlantikküste und verschwindet am Horizont. (Eine lange starre Kameraeinstellung.)

14. Mai
Anna zurück, ebenso Peridam. Beide braungebrannt wie Wiener Backhendl. Peridam fuhr gleich nach Brüssel wei-

ter. Die Arbeit ruft, sagte er und lachte. (Peridam bedeutet, wie Anna mir verriet: Der Mann, der aus dem Walde kam. Das Geschlecht läßt sich bis ins 13. Jahrhundert zurückverfolgen.)

Anna weinte wegen Frank Zappa.

Ich glaube, sie macht mich für sein Verschwinden verantwortlich. Sie sagte, du hättest wissen müssen, daß Frank den Assistenten nicht mag.

Abends rief der Wollfritze aus Grünwald an und wollte Frau Stendal sprechen.

Ich sagte, sie sei nicht da, sie sei verreist, etwas Dringendes.

Er sagte, es sei für ihn mehr als dringend. Er wolle endlich in sein Haus einziehen. Wenn Frau Stendal nicht in zwei Tagen zurück sei, müsse er sich leider nach einem anderen Innenarchitekten umsehen.

Ich versprach, ihr das auszurichten.

Unter ihrer Berliner Nummer meldet sich noch immer niemand.

Diese zwanghafte Vorstellung, sie könnte mit dem anderen verreist sein. Irgendwohin, Richtung Süden, um dem regnerischen Wetter zu entkommen. Nach Arles, wohin wir fahren wollten. Ich versuche mir vorzustellen, daß er einen Gehfehler hat. Aber ich sehe ihn immer wie einen der munteren Männer aus der New-Man-Werbung: Leinenhose, beiger Baumwollpullover, Tennisschuhe, braungebrannt.

15. Mai

Auf der sonnigen Leopoldstraße eine verkrümmte alte Frau, im Wintermantel, der Saum ausgefranst, in der

Hand ein Einkaufsnetz, darin ein Apfel, zwei Brötchen, eine Dose (klein) Margarine. Die Frau schlurfte an den Passanten vorbei. Die Beine entlanggelaufen und auf die Schuhe getropft war ihre Scheiße.

16. Mai

Mein Spiegelbild. Die Augenlider gerötet. Wie Würmer sitzen die Adern in den Augäpfeln. Der mich ansah, fuhr sich mit der Zahnbürste mechanisch in den Mund. Andere standen zur selben Zeit mit den gleichen Bewegungen vor Spiegeln und kämpften gegen Karies.

Der fade Geschmack der Nacht wurde von etwas Pelzigem, nach Medizin Schmeckendem überdeckt. Das Stück Zahnpaste, das mir zuvor von der Bürste gefallen war, ließ sich nicht wegspülen, so mußte ich es mit dem Finger in den Abfluß schieben. Auf der Ablage vor dem Spiegel entdeckte ich ein langes Haar von ihr. Sie hat mir meine Austauschbarkeit bewiesen, das verzeihe ich ihr nicht und kann es mir nicht verzeihen. Das zu wissen, ist etwas unsagbar Banales, aber die Empfindung etwas Einziges.

Als sie fuhr, hat sie uns aus unserer zerstreuten Gewohnheit gerissen (ja, es gab Reaktionen, die waren zum Gähnen vorhersehbar und auch beliebig provozierbar!).

Und sie hat mich mit mir (und das ist der Grund meines Selbstmitleids) allein zurückgelassen, mit den Dingen, die jetzt für sich sind, wie dieses Haar, dieser tote Teil ihres Körpers.

Würgender Ekel, als ich das sich ringelnde Haar hinunterspüle.

Fuhr 13 Stunden und erreichte den bislang besten Schnitt: 178 Mark.

Personalien des Vaters

Er lag am Boden, gleich neben dem kleinen, aber schweren Rauchtisch, der eingekeilt und leicht gekippt zwischen seinem Körper und der Wand stand. Er lag in den Scherben einer Vase. Seine Hände waren so weit weg, als gehörten sie nicht zu dem massigen Körper, offen, wie entspannt, sein Gesicht zur Seite gerutscht. Schon im Sturz, entsetzt, als habe man ihm den Boden unter den Füßen weggezogen, muß er versucht haben, Halt zu finden, am Rauchtisch sich aufzustützen, festzukrallen, bevor er ins Nichts fiel.

Die Ladentür stand offen, aber das Scherengitter davor war zugezogen. Draußen in der Dunkelheit standen Menschen, Nachbarn und Fremde, zufällig vorbeigekommen, in der sonst schon menschenleeren Straße, standen und starrten in den Laden.

Es war 3 Uhr nachts und noch immer drückend heiß, am 2. September.

Nachbarn hatten ihn entdeckt. Sie waren aus der Kneipe nebenan gekommen, hatten noch Licht gesehen und die Tür nur angelehnt. Durch das Scherengitter hindurch stießen sie die Tür auf und sahen ihn am Boden liegen. Sie hatten uns, da es keine Klingel an der Ladentür gab, durch Rufe geweckt.

Seine Lider hingen so schwer und der Mund war ein wenig geöffnet. Die Krawatte war, gegen seine Gewohnheit, heruntergezogen und der Hemdkragen geöffnet. Der Hund sprang um ihn, leckte ihm die Hände und das Gesicht.

Man muß einen Unfallwagen rufen, sagte jemand von der Tür her. Das Gitter wurde aufgezogen, es war, wie sich jetzt zeigte, gar nicht abgeschlossen. Fremde Leute kamen in den Laden, gingen herum, als wollten sie etwas kaufen. Jemand hatte nach einem Unfallwagen telefoniert. Eine Frau sagte: Von-Mund-zu-Mund-Beatmung. Niemand berührte ihn, obwohl meine Mutter (weinte sie?) immer wieder sagte, ihm sei sicherlich nur schlecht geworden, ein Ohnmachtsanfall. Aber sie sagte das mehr zu sich, und seine Hände waren schon kalt.

Die Sanitäter kamen. Der eine bückte sich nach ihm und fühlte seinen Puls. Sie gingen hinaus, um die Trage zu holen, ohne die Fragen meiner Mutter zu beantworten.

Neben mir sagte jemand: Tote dürfen die eigentlich gar nicht transportieren.

Ich sollte mitfahren und auf der Fahrt die Personalien meines Vaters angeben.

Sie hoben ihn auf die Bahre, kreuzten die Arme über die Brust, ohne ihn mit den breiten, herunterhängenden Gurten festzuschnallen. Dann schoben sie ihn in den Wagen. Ich setzte mich mit einem Sanitäter neben ihn. Der Wagen fuhr ohne Blaulicht und Martinshorn. Warum auch. Und doch störte es mich, wenn sie wie selbstverständlich an einer Kreuzung warteten, bis die Ampel auf Grün umsprang.

Der Sanitäter mußte einen Fragebogen ausfüllen: Name, Beruf, Geburtsdatum, Krankenkasse.

Das Datum seines Geburtstags konnte ich nicht angeben. Nicht etwa vor Müdigkeit oder Benommenheit, ich wußte es einfach nicht. Das Geburtsjahr wußte ich, auch den Monat: November, nicht aber den Tag. War es der 10. oder 12.?

Das ist doch Ihr Vater, sagte der Sanitäter.

Wir saßen danach schweigend im Wagen. Einmal mußte ich lachen, als in einer Kurve der Arm des Vaters herunterrutschte und den Sanitäter im Genick traf. Aufgeschreckt aus seinem Dösen, stieß er einen kleinen gequetschten Schrei aus. Dann legte er den Arm, der plötzlich so schlaff herunterhing, wieder auf die Brust. Es war mir peinlich, daß ich so unkontrolliert gelacht hatte, und ich versuchte, an dem Gesicht des Sanitäters vorbei durch das kleine Fenster hinauszusehen. Wir kreuzten die Reeperbahn, die zu dieser Zeit noch grell erleuchtet, aber schon menschenleer war.

Der Wagen hielt im Hof des Hafenkrankenhauses, eines kasernenhaften Backsteinbaus.

Eine Nacht im Hafenkrankenhaus, darüber könnte man Romane schreiben, sagte der Medizinstudent, der dort famulierte und mir in Nachhilfe das englische th beizubringen versuchte.

Es dauerte einige Zeit, bis ein Mann im weißen Kittel aus dem Gebäude kam und herüberschlenderte. Er stieg ohne mich anzusehen in den Unfallwagen, zog ein Lid des Vaters hoch und leuchtete mit der Taschenlampe in die Pupille. Dann stieg er heraus, gab mir die Hand: Exitus, mein Beileid.

Seine Sachlichkeit tat gut, nur daß er die ganze Zeit eine Zigarette im Mundwinkel hängen hatte, störte mich.

Jemand wollte dann noch wissen, ob ich die Kleidungsstücke und Wertsachen des Toten gleich mitnehmen wolle.

Nein. Ich ging zu Fuß nach Hause. Es dämmerte, und ich sah Wasserwagen durch die Straßen fahren und die Gehsteige abspritzen. Es war noch immer warm, der Himmel wieder wolkenlos.

Am nächsten Tag suchten wir das kleine Heft, in das

der Vater alle Wechsel einzutragen pflegte. Da der Schreibtischschlüssel in seiner Hosentasche gewesen sein muß, brachen wir die Schublade auf. In den letzten Monaten hatte der Vater immer wieder in diesem Vokabelheft geblättert. Er brütete stundenlang darüber, als müsse er komplizierte Gleichungen lösen. Wenn man genau plant und die Wechsel richtig prolongiert, dann kann man einfach nicht pleite gehen, hatte er in den letzten Monaten häufig gesagt.

Die Mutter schrieb zusammen, was verkauft werden müßte, um die Schulden zahlen zu können.

Vor seinem Tod hatten wir fast zwei Wochen nicht mehr miteinander geredet. Wir hatten uns wieder einmal gestritten. Aber die Ursachen des Streits, auch die Gegenstände, waren meist belanglos, waren nur Anlaß für ein wortreiches Getobe, in dem sich, endlich, unser blinder wütender Haß entlud. Haß worauf?

Einmal habe ich versucht, ihn zu provozieren, er sollte nach mir schlagen, ich wollte ihm dann eine in die Fresse hauen. Aber er schlug leider nicht zu. Damals merkte ich zum ersten Mal, daß er auch körperlich Angst vor mir hatte. Er war schon in den Fünfzigern, ich sechzehn.

Ich weiß nicht, ob sich der Vater einen bestimmten Tod gewünscht hat, so wie er sich ein bestimmtes Leben gewünscht hatte.

Auf einem Foto im Album der Mutter sehe ich ihn in einer Freikorpsuniform vor anderen Uniformierten auf dem Boden liegen. Er lacht in die Kamera, möglicherweise blinzelt er aber auch nur, denn die Sonne scheint ihm, wie man an den Schatten sieht, ins Gesicht. Er war damals noch ziemlich jung, neunzehn Jahre vielleicht oder zwanzig, und wollte Kunstmaler werden. Das war sein Wunsch, auch später noch, als er bei der Post als Mechaniker arbeitete.

1946, im Juni, wenige Wochen nachdem er aus der englischen Kriegsgefangenschaft gekommen war, machte er sich selbständig. Ein Elektro-Einzelhandelsgeschäft. Er beschäftigte stets einen Lehrling, den er ausbildete und nach der Gehilfenprüfung entließ, um wieder einen neuen Lehrling auszubilden.

Die Geschichte des Vaters ist die Geschichte eines versuchten Aufstiegs.

An Sonntagen ging die Familie durch die Innenstadt, und der Vater stand vor den Schaufensterreihen der Kaufhäuser, in denen Radiogeräte, Plattenspieler und Mixgeräte standen. Die Kinder quengelten und wollten weiterlaufen. Die Mutter flüsterte, sie sollten ruhig sein. Der Vater stand und konnte nicht begreifen, wie diese niedrigen Preise zustande kamen. Er ließ sich in der Innung in eine Kommission gegen unlauteren Wettbewerb wählen. Manchmal fuhr er nachts in die Innenstadt und notierte sich die Preise, aber er hat nie etwas ausrichten können. Sein Traum: Einmal einen Kaufhausdirektor wegen unlauteren Wettbewerbs verhaften und abführen lassen zu können.

Einmal hat er sich fürchterlich aufgeregt. Irgend jemand hatte gesagt: Was will denn dieser kleine Krauter.

Damals begann ich, ihm auf eigensinnige Weise zu widersprechen und ihn auf Übertreibungen, Unwahrheiten und Widersprüche in seinen Erzählungen und Handlungen hinzuweisen. Er fing an, sich mit mir zu streiten, obwohl er immer wieder betonte, ich als Halbwüchsiger sei noch nicht ernst zu nehmen. So lernte ich, mich ernst zu nehmen. Es kam die Zeit, in der der Vater an jedem Monatsende hektisch herumtelefonierte, mit Banken, Grossisten und Freunden, damit die Wechsel verlängert würden. Hatte er, der eine übertriebene Empfindlichkeit besaß für das, was die Leute über ihn redeten, zunächst nur enge Freunde angepumpt, so mußte er schon bald zufällige Bekannte aus der Kneipe anrufen, Nachbarn, die er nur vom Grüßen kannte. Da er davon überzeugt war, daß es allein auf den einzelnen ankommt (auf den Mann), was man aus seinem Leben macht, mußte er die geschäftlichen Mißerfolge allein als sein Versagen, als seine persönliche Schuld sehen. (Dabei ging es um kleine Geldsummen.)

Er begann zu trinken, saß immer öfter bei *Papa Geese,* einer Kneipe nebenan, und rauchte 80 Zigaretten am Tag.

Es war, als zöge er sich langsam in sich zurück, in einen dicklich gewordenen, aufgeschwemmten Körper, mit hängenden Schultern und schwammigem Gesicht, in dem die Haut heruntersackte, bis sein Mund, wie man auf Fotos sehen kann, einen weichen, weiblichen Zug bekam. Weiblich darum, weil er seiner Schwester, meiner Tante Gerda, zu ähneln begann.

Stundenlang saß er grübelnd im Laden, vor sich hinstarrend, und niemand wagte, ihn zu fragen, woran er denke. Oder aber er erzählte, wenn Besuch kam, was immer seltener wurde, umständlich seine Geschichten, in denen sich sein Ich auf peinliche Weise breiter machte: Ich habe das schon immer gesagt, ich habe das damals schon vorhergesehen, ich hab dem kräftig die Meinung gestoßen. Seine Geschichten wurden in ihrer Übertreibung durchschaubar sogar für meine Schulkameraden.

Wenn man ihm etwas erzählte, konnte man an seinen Augen, die nach kurzer Zeit abschweiften, sehen, daß er nicht mehr zuhörte. Anfangs versuchte er noch, Aufmerksamkeit vorzutäuschen. Später hatte er nicht einmal mehr die Kraft, sein Desinteresse zu verbergen. Er wippte dann mit einem Bein.

Noch während des Krieges und der Gefangenschaft hatte er gezeichnet und gemalt. Ein Aquarell zeigt die Steilküste der Normandie, im Vordergrund, ziemlich kühn, ein Bunker des Atlantikwalls, Ginsterbüsche, über dem Meer die untergehende Sonne. Skizzen seiner Kameraden, englischer Soldaten und die Steinwälle der schottischen Hochebene. Nachdem er das Geschäft eröffnet hatte (selbständig geworden war, wie er sagte), malte er nie mehr.

Einmal, spät abends, nachdem er lange bei *Papa Geese* gesessen hatte, kam ich in den Laden und sah ihn, ohne daß er mich bemerkte, an die Warmluftheizung gelehnt stehen. Er weinte leise vor sich hin, wärmte die Hände, indem er sie weit von sich der warmen Luft entgegenstreckte.

Fast zehn Jahre davor war er einmal von einer Schinkentour nach Hause gekommen; den abgegessenen Knochen an einer Schnur um den Hals, nahm er mich in die Arme und sagte: bald machen wir Ferien und fahren weit weg, vielleicht nach Ceuta.

Ich suchte Ceuta auf der Landkarte. Es lag in Marokko an der Mittelmeerküste.

Wir sind dann aber doch wieder nach Mölln zur Großmutter gefahren.

Am 7. September wurde der Vater beerdigt. Es war noch immer ungewöhnlich heiß, und das Laub begann vorzeitig von den Bäumen zu fallen. Der Sarg wurde von zwei Trägern auf einem kleinen zweirädrigen Wagen geschoben. Ich sah, wie ihnen der Schweiß in den Hemdkragen lief. Die Erde war krümelig und leicht.

Später, nach Monaten, hatte ich mehrmals einen Traum, in dem immer wieder diese Situation vorkam: der Vater kommt wieder zur Ladentür herein. Ganz deutlich ist die Ladenglocke zu hören. Schattenhaft und riesig steht er im Laden, und ich muß den Schreibtisch, an dem ich sitze, wieder räumen.

Er hat sich nur totgestellt.

17. Mai

Wo mag sie sein, was bewundert sie gerade, denke ich im Wagen sitzend. Beim Nachdenken (oder wenn sie getrunken hat) zieht sie langsamer (genußvoll) an der Zigarette und führt sie seitlich in den Mund. Beim Arbeiten sitzt sie versunken über dem Skizzenblock und fährt mit leisen Bewegungen über das Papier. Dann, plötzlich, packt sie die Seite, reißt sie heraus und – jedesmal erschrecke ich wieder – zerknüllt sie mit wenigen Griffen.

Sie mag keine Hosen tragen.

Kam auf einen Schnitt von 130 Mark. Ein Besoffener konnte nicht zahlen. Ich ließ ihn laufen. Dafür beschimpfte er mich, nannte mich einen Gauner und Arschficker. Leute blieben stehen. Jemand sagte, es sei eine Sauerei, Besoffene auszunehmen. Der Besoffene griff das auf, behauptete, ich hätte ihm das Portemonnaie nicht zurückgegeben. Als ich einem der herumstehenden Klugscheißer eine in die Fresse hauen wollte, rief man nach der Polizei. Ich fuhr weiter. Später ärgerte ich mich, nicht zugeschlagen zu haben.

Personalien der Mutter
Lachte sie, schien sie größer, als sie war: 1,60 m.

War ich krank, durfte ich tagsüber in ihrem Bett liegen. Es gab dann Mandelmilch.

Als Mädchen hatte sie sich längere Wimpern gewünscht und verschiedene Tinkturen probiert.

Beim Kuchenbacken: Durch die Rührschüssel zog sie einen Strich, teilte sie in zwei gleich große Hälften, die ich dann mit meiner Schwester Christa ausschlecken durfte.

Niemals habe ich sie pfeifen hören, aber sie sang gern, wenn auch nicht sonderlich gut.

Sie sprach nie über den Vater.

Nähte sie, biß sie mit einer kurzen Bewegung den Faden durch.

Blieben Reste auf den Tellern der Kinder, schob sie sich die in den Mund und sagte: Für den Bettelmann, den verkleideten Prinzen.

18. Mai
Morgen fahre ich nach Berlin.

Endlich habe ich sie erreicht.

Sie war in Greifswald und hat dort eine Großtante besucht. Er (der andere) war auf der Baustelle in H. Sie hat es (so muß man wohl sagen) allein in der Stadt nicht ausgehalten und sich die Zeit mit einem Besuch der DDR-

Tante vertrieben. Ich hatte das Bedürfnis, ihr irgendeine Gemeinheit zu sagen, sie zu strafen, daß sie mich so lange in Ungewißheit gelassen hat. Etwas sagen wie: Na, habt ihr schön Wiedersehn gefeiert? Und dann einhängen. Ich finde mich selbst zum Kotzen, wie klein, wie infantil meine Reaktionen werden. Das Gespräch wurde dann ziemlich lang, ohne daß wir viel redeten. Es entstanden immer wieder Pausen. Aber das Schweigen hatte nichts Aggressives, Vorwurfsvolles. Eher etwas von der alten Vertrautheit. Man hätte sich sehen müssen, um über das zu reden, was zu bereden war. Ich wollte sagen: Komm zurück, und später, nach dem Gespräch, war mir, als habe sie es sagen wollen. Wir lachten sogar. Ich erzählte ihr von dem Verschwinden Frank Zappas, und sie sagte dann: Ach, weißt du. Immer wieder unvollendete Sätze. Sie sagte schließlich, sie wisse nicht, was sie tun solle, bat mich zugleich, ihr nichts zu raten. Sie habe durch den Besuch in Greifswald etwas Distanz bekommen. (Zu wem oder zu was, sagte sie nicht, aber es kann doch nur bedeuten – zu ihm!). Ich erzählte ihr von L., der mich für den *Playboy* gewinnen wollte, und wir lachten wieder.

Meine Stärke sind unsere gemeinsamen Erfahrungen.

Nachdem ich aufgelegt hatte, mußte ich hin und her laufen, um mich wieder zu fassen. Warum sollte ich ihm diesen Heimvorteil lassen? Ich entschloß mich, nach Berlin zu fahren, und verfiel sofort in eine hektische Heiterkeit. Legte eine Kinski-Platte auf und sprach das *Trunkene Schiff* von Rimbaud mit.

Dann rief ich W. an, der sich mit engelhafter Geduld die Gründe für meine Reise anhörte und (was ich nicht erwartet hatte) Verständnis zeigte. Er sagte, ich solle mich gleich melden, wenn ich wieder fahren wolle.

Draußen regnet es schräg an den Straßenlampen vorbei, und ich wünsche mir für die Fahrt, daß es nur so herunterschüttet. Ich werde in *ihrem* Wagen sitzen und fahren.

*

Ich habe sie kaum wiedererkannt.

Sie hat sich die Haare schneiden lassen. Die Stirn ist jetzt bis zu den Augen von einem Pony bedeckt. Ihre Augen! Wir waren im Café *Möhring* verabredet, ein Vorschlag von ihr. Sie war nicht einmal überrascht, als ich sie aus Berlin anrief. Sie sagte, am besten im Café *Möhring*, Kurfürstendamm, das findest du leicht.

Sie kam herein und auf meinen Tisch zu. Aber ich erkannte sie erst, als sie vor mir stehen blieb. Ihr Gesicht schien mir unter dieser Frisur weicher, sinnlicher, ja, sie ist schön, und wie im Kreis ging es mir durch den Kopf: Seinetwegen hat sie sich die Haare schneiden lassen, seinetwegen ist sie schön. Zugleich staute sich in mir der Ärger über die sanfte Idiotie dieses Gedankenkarussells. Sie beugte sich zu mir herab wie zu einem Gebrechlichen und umarmte mich. Sie habe sich die Haare schneiden lassen, und, zur Entschuldigung, sie habe das ja schon immer gewollt. Am gegenüberstehenden Tisch saßen mit pompösen Hüten auf den Köpfen zwei alte Frauen, die sich zuvor über das *Braune Band* (was ist das?) unterhalten hatten. Die eine hatte früher Rennpferde gehabt. Sie sprach mit einer ostpreußischen Dialektfärbung. Jetzt starrten sie herüber, als erwarteten sie ein Spektakel. Karin kramte einen Taschenspiegel aus der Handtasche und zog sich die Lippen nach, violett, auch die Farbe des Lippenstifts war neu. Früher ging sie, wollte sie sich die Lippen schminken, stets vor den Toilettenspiegel. Ich sagte es ihr: Was sind drei Wochen. Jetzt schminkst du dich, was du sonst immer verabscheut hast, am Tisch. Was mich ärgerte war, daß sie sich nicht einmal die Mühe machte, sich ihrer alten Gewohnheiten zu erinnern, um sie wenigstens in meiner Gegenwart noch einzuhalten.

Sie zündete sich eine Zigarette an und sagte: Bist du hier, um mir vorzuhalten, daß ich mich nicht verändern darf.

Ich wollte ihr sagen, wie unglaublich ihr Verhalten sei, wie rücksichtslos, wie egoistisch, mich ohne Nachricht in München sitzen zu lassen, einfach nach Greifswald zu fahren, nur weil ihr neuer Schwanz zu seinem Bau fahren muß. Nach Greifswald fahren, während sie genausogut nach München hätte fahren können. Ich war daran, alle guten Vorsätze zu vergessen, ich wollte ihr sagen, sie sei ein Chauvi, aber dann entdeckte ich, daß sie die schwarze durchsichtige Seidenbluse trug, die wir gemeinsam gekauft hatten. Wir sprachen über die Stadt, immer bemüht, uns selbst dabei aus dem Weg zu gehen. Bis sie plötzlich sagte, sie habe mich vermißt. Sie nahm meine Hand und küßte sie, legte sie dann aber wie einen toten Gegenstand sofort wieder auf den Tisch zurück. Sie begann zu weinen und setzte sich eine Sonnenbrille auf. Die beiden alten Tanten starrten zu uns herüber. In ihren Gesichtern war eine abstoßend geile Neugierde. Ich schnickte eine Zigarettenkippe in ihre Richtung. Sie taten entsetzt, wandten sich ab. Sie sagte, sie sei durcheinander, eine Unruhe und Hast, die sie kaum noch ruhig sitzen lasse. Dann wollte sie wissen, wo ich wohne.

Draußen verabschiedete sie sich durch einen flüchtigen Kuß auf die Wange, sagte, ruf mich morgen mittag an.

Ich sah ihr nach, sie ging wie immer aufrecht und schnell. Ein Mann drehte sich nach ihr um. Ich versuchte, mir einzureden, daß etwas Nuttiges an ihr war. Die neue Frisur? Der lila Lippenstift? Sie hatte Augenringe, sie sah ein wenig verquollen aus, so, als sei sie gerade aus dem Bett gekommen. Eine kalte Lust packte mich. Ich war in einer direkten, brutalen Weise scharf auf sie. Ich mietete in der nächstbesten Pension ein Zimmer, stellte die Reisetasche aufs Bett und begann, über dem Waschbecken zu onanieren, sah, wie sie sich mit schnellen Stößen auf dem anderen sitzend bewegte, sich jäh fallen ließ und sich mir öffnete.

Zum Duschen mußte ich durch den dunklen Korridor einer riesigen Altbauwohnung gehen. Im Frühstückszimmer hingen Ölbilder aus der Geschichte Preußens. Mein Zimmer war klein, aber hoch. Zum Nebenzimmer führte eine Tapetentür. Von nebenan hörte ich jemanden rülpsen, eine Schranktür wurde geöffnet, dann pladderte Wasser ins Becken.

Der Gedanke, der Mann nebenan (und es war ganz offenbar ein Mann) könnte mir beim Onanieren zugehört haben, ließ mich kalt. Ich setzte mich in den einzigen Sessel des Zimmers und zündete mir eine Zigarette an. Die Armlehnen wackelten. Ich legte die Beine auf das Bett und versuchte, mir das Gespräch im Café in Erinnerung zu rufen. Aber ich mußte immer wieder an den anderen denken, der mich so überflüssig machte. Er schien mir riesig. Ich konnte ihn mir nur denken, indem ich unentwegt eigene Fehler entdeckte. Ich konnte sie nur verstehen, indem ich mir ihre Zuneigung zu dem anderen aus einer Abneigung gegen mich erklärte. Immer wieder versuchte ich, ihn mir vorzustellen, und immer wieder dachte ich ihn mir mit einer kleinen gutgeschnittenen Nase. (Obwohl sie immer betonte, sie möge keine kurznasigen Männer.) Um meiner Unruhe Herr zu werden, lief ich im Zimmer hin und her. Blieb vor dem Fenster stehen. Draußen lag ein Hof, in dem ein paar dreckige Büsche standen. Die Sonne schien. (Schon seit drei Tagen hier in Berlin, wie sie erzählte.) Die Ungewißheit war unerträglich. Ich wollte ihn sehen, den anderen, der mich verdrängt hatte. Dieser Wunsch hatte etwas Selbstzerstörerisches, aber es würde doch besser sein, als in diesem Zimmer herumzusitzen. Das Suchen seines Namens im Telefonbuch, das Laufen nach einem Stadtplan, das Fragen nach der U-Bahnstation, diese kleinen Tätigkeiten ließen mich ruhiger werden.

Das Haus, in dem er sein Büro hatte, lag in Kreuzberg. Ein Haus aus der Gründerzeit, mit kolossalen Gesimsen und einem prunkvollen Eingang. In den riesigen Spiegeln des Entrees sah ich mich: ein Fremder. Automatisch griff ich zum Kamm und begann mich sorgfältig zu kämmen. Ich fand, daß ich, unrasiert und übermüdet, leidend aussah, was mich fast bewog, wieder zu gehen. Eine selbstquälerische Neugierde trieb mich aber die beiden Stockwerke hinauf und vor die Tür. Ein Mädchen öffnete, seine technische Zeichnerin, wie sich später ergab. Sie rief nach ihm. Mir fiel auf, daß sie ihn duzte. Heinrich, hier ist jemand (hatte sie intuitiv erkannt, wer ich war?), der will dich sprechen. Heinrich kam: groß (aber doch etwas kleiner als ich), schlank, hellblondes mittellanges Haar, übertrieben sorgfältig gekämmt; das Gesicht sommersprossig, einen rötlichblonden Schnurrbart und eine gutgeschnittene Nase. Es war grotesk, aber genau so hatte ich ihn mir vorgestellt, allerdings ohne Sommersprossen. Tatsächlich trug er auch beige Kordhosen und einen Pullover mit Lederflecken am Ellenbogen. Oh, New Man!

Ich sagte, ich hätte ihn gern einmal gesprochen. Und er fragte: In welcher Angelegenheit. Es war wie in einem Rühmann-Film. Ich sagte, ich sei der Freund Karins. (Als sei meine Existenz einzig von der Karins ableitbar.) Es war dieser idiotische Satz, der mich während des Gesprächs peinigte. Er hätte glauben können, ich wolle damit ein Besitzrecht geltend machen. Er nannte dann überflüssigerweise seinen Namen und ich meinen, wir stellten uns regelrecht vor und gaben uns nochmals die Hand. Er sagte: Setz dich doch und räumte Papierrollen von einem Stahlrohrsessel.

Er duzte mich. Ich siezte ihn. Wie oft müssen sie über mich geredet haben (wahrscheinlich danach, verdammt, wenn sie entspannt nebeneinander lagen, den Kopf frei für den, der da in München herumhockte), daß ich ihm schließlich so vertraut wurde, während ich ihn nur siezen konnte.

Er fragte, ob ich Lust auf einen Kaffee hätte, und eilte, als ich ja sagte, erleichtert hinaus, ließ sich die Zubereitung auch nicht von dem Mädchen abnehmen. Dann saßen wir uns wieder gegenüber und rührten langsam in den Kaffeetassen herum. Um überhaupt etwas zu sagen, fragte ich, woran er gerade arbeite. Das war ein Fehler, denn so konnte er mit reinem Gewissen die nächste halbe Stunde über Architektur reden. Er erzählte weniger von sich, als vielmehr von Alvo Alto und Scharoun, den er bewunderte. Er zeigte mir Fotos von der Philharmonie und empfahl mir, die Nationalgalerie und die gegenüberliegende Staatsbibliothek zu besuchen. Die Gliederung der Räume. Städtebauliche Längsachse. Ich blickte während seines Vortrags aus dem Fenster. Von der Fassade des gegenüberliegenden Hauses war der Putz von Maschinengewehrsalven herausgesägt worden. Anhand der Einschüsse konnte man erkennen, hinter welchen Fenstern sich im Endkampf um die Stadt die gegnerischen Schützen verborgen hatten.

Er entrollte Pläne und zeigte mir seinen Entwurf für ein evangelisches Jugendzentrum in Spandau, seinen ersten ausgeführten Bau. Ich mußte offenbar, auf eine Frage nach meinem Interesse für diesen Bau, ja gesagt haben. Er sprach von der Bedeutung der Architektur für alternative Lebensformen. Ich hatte den Eindruck, daß er langsam vergaß, warum ich zu ihm gekommen war. Ich konnte mich immer weniger auf das konzentrieren, was er mir erzählte oder (er hatte sich Papier und Bleistift geholt) anhand von kleinen Skizzen erklärte. Ganze Strecken dieser Unterhaltung sind bei mir ausgeblendet. Ich überlegte, wie er auf Karin gewirkt haben muß: ein von seinem Beruf fanatisierter Mann. Und genau das war es, was er mir voraushatte. Früher, vor Jahren, hatte ich einmal so von Literatur geredet. Mehrmals sagte er: räumliche Kommunikationszusammenhänge. Das blieb mir im Gedächtnis. Ich fiel ihm ins Wort, sagte, ich wolle gehen. Er schwieg, hielt noch einen Augenblick den Bleistift in der Hand, mit dem er etwas skizzieren wollte, dann sagte er: Entschuldigung.

Wäre er wenigstens arrogant, überheblich oder langweilig gewesen. So aber mußte ich mir eingestehen, daß ich, hätte ich ihn zufällig kennengelernt, gern mit ihm zusammen gewesen wäre.

Karins Verhalten wurde mir verständlich, während ich mir selbst immer fremder und unverständlicher wurde. Ich bildete mir ein, daß ich noch vor drei Jahren, als wir uns kennenlernten, ihm ähnlich gewesen sein muß, und zwar in dieser energischen Zukunftsplanung, etwas zu bewirken, etwas zu ändern, auch sich selbst und all das, was dieses Selbst einschnürte, beschnitt, verletzte.

Die Treppe hinuntergehend, packte mich ein Schwindel, und erst als ich draußen mehrmals tief durchgeatmet hatte, ließ dieser Taumel nach. Ich blieb auf der anderen Straßenseite stehen. Die Fassaden drüben waren renoviert und in leuchtenden Farben gestrichen. Das tumbe Blau des Himmels. Ich war schon weitergegangen, als ich eine Haustür zufallen hörte. Er kam herausgelaufen und stieg in ein VW-Kabrio mit abgewetztem Verdeck. Er würde nach Hause zu ihr fahren und von meinem Besuch erzählen. Sie würden zusammensitzen und Vermutungen anstellen, was ich wohl gewollt haben könnte. Was hatte ich ihm sagen wollen?

Ich setzte mich in einem kleinen Park auf eine Bank. Auf einem Platz spielten Kinder Völkerball, ein Spiel, das ich seit meiner Kindheit nicht mehr gesehen hatte. Ein alter Mann führte an einer Leine einen zottigen Schäferhund vorbei. Das Tier trug um den Hals, so daß gerade der Kopf noch herausguckte, einen Plastikeimer, aus dem der Boden herausgeschnitten war. Auf dem Platz brach das Gelächter und Geschrei der spielenden Kinder ab. Am Boden lag ein Junge und weinte. Er hatte sich die Knie aufgeschlagen. Von weit hinten das Rattern der S-Bahn, um mich herum das monotone Tschilpen der Sperlinge. Wie kommt es, daß mir, denke ich an die Zukunft, nichts einfällt als schon Bekanntes. Zuletzt war da nur noch sie, durch die ich mir eine Bedeutung gab. Ich lief ziellos durch die Straßen. An einer Frittenbude kaufte ich mir eine Bratwurst. Neben mir aß ein Stadtstreicher von einem Pappteller Pommes frites. Es stank nach Pisse. Als er sich mir zudrehte, sah ich, daß seine linke Gesichtshälfte aufgeschrammt war. In die verschorfte Wunde waren Reste der Verbandsgaze eingewachsen. Er behauptete, auf allen sieben Weltmeeren gefahren zu sein, und zeigte mir zum Beweis einen auf das Daumengelenk eintätowierten Anker, den er durch Bewegung des Daumens hin- und herspringen lassen konnte. Ich spendierte ihm eine Bratwurst.

Er sagte, eigentlich müßte er Elektro-Ingenieur sein. Er nahm einen Schluck aus einem Flachmann.

Schätz mal, wie alt ich bin.

Fünfzig, sagte ich und dachte: sechzig.

Vierzig. Das ist das Leben, das macht, daß man so alt wird.

Ja, sagte ich.

Ich hab zuletzt als Pförtner in einer Elektrofabrik gearbeitet, genaugenommen als Hilfspförtner. Ich bin gefeuert worden, weil ich für Zuspätkommer abgestempelt habe. Warum auch nicht. Nur eines Tages ist einer, der immer zu spät gekommen ist, überhaupt nicht gekommen, der hatte nämlich einen Unfall, auf seinem Fahrrad, angefahren. Schädelbasisbruch. Starb dann.

Ich ließ ihm noch eine Bratwurst auffahren. Ich sah, wie er vorsichtig das warme Fleisch im Mund herumwälzte, wahrscheinlich war sein Zahnfleisch entzündet.

Auf dem Bau hat er, wie er erzählte, drei Monate Leitungen verlegt, auf Akkord. Das hält doch keine Sau aus, sagte er und kippte sich wieder einen hinter die

Binde. Kriegste einen weichen Keks. Lag abends im Bett, konnte mir nicht mal ein Bierchen einflöten, schon war ich weg. Was ich mir wünsch? Einmal auf Kur machen. Nach Baden-Baden. Morgens ein Frühstück mit Sekt und Ei, dann Spaziergang im Park. So ein Glas Wasser. Mittags schlafen. Kurkonzert. Heinzelmännchens Wachparade. Wieder ein Glas Wasser für die Gesundheit. Und abends ins Kasino. Und ganz zum Schluß pfeift man sich einen rein. Nach der Lehre hätte ich studieren sollen, Elektrotechnik. Mensch, sagte er, alles wäre anders. Aber irgendwie hats nicht geklappt. Kann dir nicht mal sagen, warum nicht. Er starrte vor sich auf den Boden, wo die Pappteller mit dem Senf klebten.

Was machst du. Bist Jurist, was.

Nein, ich bin nix. Fahr hin und wieder Taxi.

Aber bist Student.

Nein. Ich war mal, hab aber abgebrochen.

Warum?

Keine Lust.

Er nickte mit dem Kopf. Mensch, sagte er, einmal auf Kur, nach Baden-Baden. Er schraubte den Flachmann auf und bot jetzt auch mir an. Da sagte der Frittenverkäufer: So ihr beiden Stehwichser, jetzt zieht mal Leine. Ihr verscheucht mir die Kundschaft.

Ich fuhr nach Spandau und fand das Jugendzentrum, das er entworfen hatte. Ein zweistöckiges Gebäude, aus Beton, dunkelbraun gebeiztem Holz und übergroßen Fenstern. Auf dem Vorplatz spielten Rocker Tischtennis. Ich lief durch das Haus wie früher auf Schulexkursionen durch romanische Kathedralen. Aber hier mit dem niedrigen Wunsch, alles mißlungen und häßlich zu finden. Tatsächlich aber war es ein zweckmäßiger und schöner

Bau. (Er war nicht nur zweckmäßig, was ihn langweilig gemacht hätte.)

Ich irrte durch das Haus und achtete längst nicht mehr auf architektonische Details. Er, der andere, kann solche Häuser bauen, während ich Taxi fahre. Arbeiten, etwas tun, was Spaß macht, etwas, was nicht dem Umschaufeln eines Sandhaufens gleichkommt, etwas, was Sinn stiften kann, weil es anderen (und einem selbst) hilft (nützlich ist), weil es anderen (und einem selbst) Freude macht. Plötzlich schien es mir nur konsequent, daß sie sich für ihn entscheiden würde, nicht, weil er Geld verdient oder Karriere machen wird, sondern weil der Sinn auf seiner Seite ist. (Es hilft mir nichts, daß ich ihn in seiner Begeisterung zugleich auch komisch finde!) Dieser mit Vitalität gemästete Sinn, natürlich putzt der sich in seiner blauäugigen Munterkeit mit Fleiß auf. Und doch frage ich mich, wie ich diesen Sinn verloren habe. Nicht plötzlich, es war denn wohl eher ein Wegtrocknen. Ich dachte an den Korkwald, von dem L. erzählt hatte, und daß man ihn für 20 000 Eier bekommen könnte.

An den Wänden des Gangs standen Punker mit ihren Mädchen. Sie standen, als müßte gleich etwas mit ihnen passieren. Aus dem Lautsprecher dröhnte Nina Hagen. Auf der Treppe saßen ein paar Vierzehnjährige und zogen einen Joint durch. Sie beachteten mich nicht, als ich mich zu ihnen setzte. Sie reagierten auch nicht, als einer der Punker herüberkam, eine Bierflasche steckte an seinem kleinen Finger.

Mach ne Mücke oder du kriegst Klotze.

Er hielt mich für einen verkleideten Bullen.

Später, in der S-Bahn, sah ich die Wohnblocks vorbeiziehen wie auf einem Fließband.

Ich fragte mich, ob ich mir noch einmal eine Chance geben und irgend etwas neu anfangen sollte, beispielsweise ein Architekturstudium. Aber ich sagte mir, daß es ein kindlicher Glaube sei, alles durch die Wahl eines anderen Berufs ändern zu können. Auch als Architekt würde ich mir so, wie ich war, wieder begegnen.

Am Savigny-Platz stieg ich aus. Der Himmel hatte sich mit einem milchiggrauen Schleier überzogen. Ich lief durch die Straßen, und manchmal war mir, als würde das Pflaster unter meinem Tritt nachgeben. Bückeln nannten wir das Laufen über das erste, noch dünne Eis auf den Kanälen. Die Eisschicht gab unter jedem Schritt nach und wellte sich. Lief man ohne Zögern und im gleichen Rhythmus, erreichte man das andere Ufer. Ein Zaudern, ein Schwanken – und man stürzte ins eisige Wasser.

Vor der Kaiser-Wilhelm-Gedächtniskirche stand eine Gruppe Japaner. Sie fotografierten die Ruine und sich gegenseitig beim Fotografieren der Ruine. Ich ging in eine Peepshow, quetschte mich in eine enge Blechkabine, deren Tür man hinter sich verriegeln konnte. Nach Einwurf eines Markstücks öffnete sich ein Sehschlitz, und ein Zählwerk begann zu laufen. Auf einer rotierenden, mit rotem Plüsch überzogenen Scheibe lag eine nackte Frau und versuchte, mit schnellen mechanischen Bewegungen eine Selbstbefriedigung vorzutäuschen. Dabei hob und streckte sie die Beine, als mache sie Skigymnastik. Ihre Bewegungen waren viel zu schnell und entsprachen, wie ich dann bemerkte, der Drehgeschwindigkeit der Scheibe. Aus den gegenüberliegenden Sehschlitzen starrten Augen. Dann fiel plötzlich die Klappe und eine rote Lampe zeigte an, daß eine Mark nachgeworfen werden mußte.

Ich ging durch die Straßen. Die Beine taten mir weh,

und taub und drückend wuchs die Müdigkeit in mir. Aber ich wollte noch nicht zurück in die Pension. In einer Stehkneipe bestellte ich mir ein Bier und versuchte, mit einigen der Typen ins Gespräch zu kommen. Wie zufällig drehten sie mir, wollte ich etwas sagen, immer wieder den Rücken zu. So blieb ich stehen, das warmgewordene Bier in der Hand. Ein paar Schwuchteln kamen herein. Immer wieder lachten sie kreischend auf, wobei sie die Umstehenden genau fixierten.

Neben mir erzählte jemand, daß ihn die Bullen am Tauentzien gestoppt und gefilzt hätten. Dabei fanden sie seinen Paß unter der Fußmatte des Autos. Wie kommt der Paß unter die Fußmatte, fragte ein Bulle in Zivil, der aussah wie du und ich. Wohin mit der Pappe, wenn man nur Hemd und Hose anhat. Daraufhin haben sie ihn mitgenommen. Im Präsidium blätterten sie in der Terroristenkartei. Sie zeigten ihm ein Foto. Die Ähnlichkeit hat ihn selbst überrascht. Die Fingerabdrücke macht er schon in Handschellen.

Ein Mann, die Linke in einem weißen Verband, erzählte, wie er sich um ein Haar die Finger mit einer Kreissäge abgesägt habe. Von Beruf war er Buchhändler.

Jemand sagte: Ja, ja.

Ich ging raus.

Es war dunkel und warm. Ich überlegte, ob ich nicht besser nach Hause fahren sollte. Aber ich wußte nicht, was ich dort hätte tun können. Ich lief durch die nächtlichen Straßen: Jemand, dem nur noch diese Bewegung eine Bedeutung gibt. Als ich hinschlug, fragte mich jemand, ob mir schlecht geworden sei. Ich sagte, nein, ich sei nur heiter. Ich hatte aber angeheitert sagen wollen. Aus einem Schaufenster grinsten mir glatzköpfige Männer entgegen, alle in ein legeres Beige gekleidet. Ich wünschte mir eine Bombe. Ich verstand erstmals, aus welchem Entsetzen heraus diejenigen handelten, die zu jagen die Bevölkerung von amtlicher Seite aufgerufen war. Es gibt eine Gewalt des Alltäglichen, eine Macht der Faktizität, gegen die nur Gegengewalt hilft.

Du mußt etwas tun, dachte ich, etwas Unwiderrufliches, und alles wäre anders, sinnvoller. Ich würde ein neues Leben führen können. Ich würde anders sehen lernen, anders hören, anders fühlen, anders schmecken. Alles mit der ungeheuren Intensität des Augenblicks, eines Augenblicks aber, der sich zur Zukunft öffnet. Über mir war plötzlich ein Dröhnen. Mein Schreck löste sich, als ich die S-Bahn über das Viadukt fahren sah.

Eine Frau in einem Pelzmantel kam mir entgegen und bat um Feuer. Sie sah mich an, lächelte, als habe sie einen Irrtum erkannt, und sagte: Na, du hast eh kein Geld. Sie bedankte sich für das Feuer und ging weiter. Eine schöne, gepflegte und kostbar gekleidete Frau. Gern wäre ich mit ihr zusammengewesen. Sie aber nach dem Preis zu fragen erschien mir ungehörig und für sie eine Zumutung. Ich beobachtete sie und folgte ihr. Sie hatte die eben angerauchte Zigarette wieder weggeworfen. Sie blieb vor einem Schaufenster stehen, zog eine Zigarette aus ihrem Etui, ging auf einen Mann zu und bat ihn um Feuer. Sie versuchte, mit der Bitte um eine kleine Gefälligkeit ins Geschäft zu kommen. Ein schäbiger Trick, fand ich (ich vermute, durch diese Bitte wurde eine Diskussion über den Preis verhindert), und fühlte mich von dieser Frau auf eine besonders infame Weise getäuscht. Wahrscheinlich entsprang meine Enttäuschung aber nur schäbig dem Neid, denn die Frau war mit dem Mann handelseinig geworden. Sie hatte sich bei ihm untergehakt, und sie gingen, ein betuchtes Ehepaar, über die Straße zu einem geparkten Jaguar. (Gehörte der ihr oder ihm?) Etwas (das Anrauchen der Zigarette?) hatte mich an Karin erinnert. Ich wünschte der Nutte, daß sie an der Seite von Jack the Ripper ihre Wohnung betreten möge.

Mit einem Taxi fuhr ich in die Pension. Auf mein Klingeln öffnete die Vermieterin, im Morgenmantel und den Schlaf noch im Gesicht. Sie machte mir Vorhaltungen, weil ich keinen Nachtschlüssel mitgenommen hatte. Ich wollte mich nicht streiten und sagte: Ja, ja.

Im Zimmer setzte ich mich in den Sessel mit den wakkelnden Armlehnen. Ärgerlich war, daß ich nichts zu trinken mitgebracht hatte, und nochmals hinausgehen mochte ich nicht. Das Bild in dem massiven Rahmen hing bedrohlich geneigt über dem Bett, als würde es nachts durch Auslösung eines geheimen Mechanismus auf den Schläfer stürzen. Es zeigte einen Sonnenblumenstrauß in einer Tonvase. Die Farben waren zentimeterdick auf die Leinwand gespachtelt und wirkten so, als seien sie noch immer nicht getrocknet. Wahrscheinlich waren diese Ölklumpen der genialische Rest einer Malerhoffnung. Der Namenszug war gut leserlich: Erich Waier, 1951.

In diesem Zimmer schien alles gelb oder braun zu sein: Die Blumen waren dottergelb, die Tapete zitronengelb, der Schrank gelbbraun und dort, wo das Furnier abgesplittert war, dunkelbraun. Der Teppich war, wie man an dem eingewebten Blumenmuster erkennen konnte, aus einem größeren Teppich herausgeschnitten worden. Hätte man wenigstens Ungeziefer unter dem Linoleum vermuten können, wäre das Zimmer erträglicher gewesen. Es war aber alles trostlos sauber gehalten.

Hätte ich doch die Bombe neben dem Eingang des amerikanischen Hauptquartiers im Papierkorb deponiert. Den Zeitzünder (ein Junghans-Wecker) auf 3 Uhr gestellt. Von der Detonation würde ich morgen in der Zeitung lesen. Gegen 3.05 höre ich in der Ferne die Sirenen der Überfallwagen. Ich sitze im Sessel und warte. Das Bild an der Wand hat nichts Bedrohliches. Ich überdenke nochmals den Weg vom Hauptquartier in dieses Zimmer. Das mehrmalige Umsteigen, von der U-Bahn in Busse, den vorher genau ausgeklügelten Weg. Hätte man mich, mit großem Einsatz von Personen, auf diesem Weg verfolgen können? Gab es irgendein Detail, das mich verraten könnte? Morgen werde ich dorthin gehen, wo sich Touristen aufhalten, in den Zoo, ins Museum. Ich memoriere Telefonnummern. Der Feuerschein der Detonation, die Druckwelle, das Splittern der Fenster, ein zerzauster amerikanischer Offizier, ein wachestehender Militärpolizist am Boden, die fassungslosen Gesichter der Herrn vom Verfassungsschutz (am gefährlichsten: der nicht organisierte Terrorist, der Einzelkämpfer), Bereitschaftspolizei mit Maschinenpistolen sperrten die Zufahrtsstraßen, die Sirenen der Einsatzwagen. Ich zog mich aus, wusch mich, legte mich ins Bett und schlief sofort ein.

Morgens wurde ich von einem würgenden Husten aus dem Nebenzimmer geweckt. Jemand ging hin und her. Dann brach der Husten ab, und es wurde ruhig. Wenig später hörte ich ein eigentümliches Geräusch, so als würde ein Messer auf einem Wetzstein geschliffen. Es konnte aber auch das Laufgeräusch eines defekten Tonbandgeräts sein. Es war kurz vor acht. Ich stand auf. Die Tapetentür zum Nebenzimmer war verschlossen. Dennoch war mir, als sei jemand in meinem Zimmer gewesen. Der Koffer lag am Boden, aber ich war sicher, daß ich ihn nachts aufgestellt hatte. Auch mein Journal lag anders auf dem Tisch. Ich fand darin ihr Bild, aber nicht dort, wo ich aufgehört hatte zu schreiben, sondern weit hinten, zwischen den leeren Blättern.

Ich wusch mich und ging in den kleinen Frühstücksraum. Die Vermieterin, stark geschminkt, trug eine kunstvoll gesteckte Turmfrisur. Sie erwähnte mein nächtliches Klingeln mit keinem Wort. Ich bestellte mir Kaffee und zum Frühstück ein Ei. Ich blätterte die Zeitungen durch, fand nichts, außer, daß Strauß Kanzler werden wolle. Der Gedanke, einmal in ein anderes Land gehen zu müssen, verlor etwas von seiner Unfaßlichkeit. Im Entree hörte ich wieder diesen würgenden Husten. Ich sprang auf und ging hinaus, niemand war zu sehen. Unten hörte ich die Haustür ins Schloß fallen. Ich ging schnell ans Fenster. Eigentümlicherweise kam unten niemand aus dem Haus heraus. Der Mann (die Frau) wartete offenbar vor der Tür. Ich wollte das Fenster öffnen, um mich hinauszubeugen, als hinter mir die Vermieterin fragte, ob ich jemanden erwarte.

Ich sagte: Ja.

Sie stellte das gekochte Ei auf den Tisch. Ein Fünf-Minuten-Ei, sagte sie. Das schien mir wie eine Anspielung.

Ich dachte, daß ich Karin anrufen müßte. Ich hatte noch zwei Stunden Zeit. So um zehn, hatte sie gesagt, was im Klartext hieß, dann sind wir mit unserer Morgennummer fertig. Ich nahm mir vor, sie nicht anzurufen. Sie sollte auf den Anruf warten, wie ich in den vergangenen Wochen auf ihre Anrufe gewartet hatte.

Als ich aus dem Haus trat, fuhr auf der gegenüberliegenden Straßenseite ein Opel langsam an, folgte mir, bog dann aber rechts in eine Seitenstraße. Kurz darauf kam derselbe Wagen mir von vorn entgegen. Fahrer und Beifahrer blickten angestrengt geradeaus.

Mit der S-Bahn fuhr ich zum Bahnhof Friedrichstraße. Auf dem Bahnsteig, sogar oben, unter der Kuppel auf Laufgittern, standen Grenzsoldaten. Hierher würde mir niemand folgen. Ich stand dann in einer dichtgedrängten Menschenmenge in einem unterirdischen Durchgang und wartete, daß meine Nummer für das Einreisevisum aufgerufen würde. Die Luft war stickig. Die Decke des Raums hätte ich leicht mit dem ausgestreckten Arm erreichen können. Einem alten Mann war schlecht geworden. Eine Stimme pöbelte aus dem Lautsprecher, jemand hatte seine Nummer überhört. Auf dem Bahnsteig sah ich zwei Mann der Grenztruppe vom Dienst kommen. Sie gingen im Gleichschritt, in den Händen Aktentaschen, aus einer sah der Verschluß einer Thermosflasche heraus. Ein Soldat, der zufällig vorbeikam, ebenfalls eine Aktentasche in der Hand, reihte sich ein und sprang in den Gleichschritt. So marschierten sie zu dritt ernst und stumm in den Feierabend.

Dann aber, nachdem man mich aus der Reihe herausgeholt und mir die Taschen umgedreht hatte (irgendwie muß etwas Verdächtiges, zumindest Auffälliges an mir sein), war ich drüben. Etwas von der qualvollen Hektik der vergangenen Tage verlor sich. Dreimal wurde ich auf dem Weg zum Alex nach Westgeld angesprochen.

Am Dom, einem wilhelminischen Riesenklops, der gerade restauriert wird, sah ich ein Mädchen in blauer FDJ-Bluse mit einer Schaufel hantieren. Sie schippte mit anderen Mädchen und Jungen einen Erdhaufen um, und das taten sie nicht sehr eilig. Sie studiere Assyrologie, gab sie zur Antwort, als ich sie nach den Berufschancen im DDR-Gartenbau fragte. Sie müsse einen freiwilligen Arbeitseinsatz machen, sagte sie. Die anderen hörten auch auf zu schippen, standen herum, rauchten und redeten miteinander. Allerdings war es auch ziemlich heiß. Verschönt werden sollte mit diesem freiwilligen Arbeitseinsatz nicht das Vorgelände des Doms, sondern das des Palastes der Republik, der gleich gegenüber liegt. Ich lud sie zu einem Tee ein, und sie sagte zu. Sie müsse aber hier noch eine Stunde rumbringen. Als Treffpunkt schlug sie ein Café im Palast der Republik vor. Ich ging hinüber. In der Eingangshalle drängten sich Menschen vor den dort aufgehängten Tafelbildern zeitgenössischer Maler. Es schien, als stritten sie sich, aber sie redeten nur über die Bilder.

Später saß ich mit dem Mädchen im Café. Obwohl sie aus einer kommunistischen Familie kam, hieß sie Gudrun. Ihr Vater war ein Bewunderer der Wagnerschen Musik. Draußen ging ein Gewitterregen nieder. Sie war durch den einsetzenden Regen gelaufen und noch immer etwas atemlos. Das Haar klebte ihr im Gesicht. Ihre Bluse war naß, und sie entschuldigte sich, daß sie sich nicht mehr habe umziehen können. Ich bezog das auf die Nässe, sie aber auf die Farbe. Sie fragte, ob ich schon mal in Griechenland gewesen sei, sie habe neulich im Westfernsehen einen Film über Kreta gesehen. Das sei ihre Traumreise: Griechenland. Ich erzählte ihr, daß ich vor vier Jahren einmal mit dem Motorrad über Kreta gefahren sei, fünf Wochen lang. Die Insel ist mit Ruinen der unterschiedlichsten Epochen vollgestellt. Einmal habe ich eine Melone in einem Olivenhain gegessen, und zwar auf einem Marmorarsch sitzend, dem Torso einer Statue. Überall auf den Feldern und in den Hainen kann man den klassischen Marmorbruch finden: Hände, Füße, Teile von Gewändern, Arme und Beine, Säulentrommeln und Kapitelle, Reste einer ehemaligen römischen Stadt. Am Rande ihrer Äcker hatten die Bauern die vom Feld aufgelesenen Steine gestapelt, und in einem dieser Steinwälle steckte der Marmorkopf eines Mannes.

Ich erzählte ihr von Matala, jenem Ort, an dem Zeus als Stier Europa ans Land trug. Eine Felsenbucht, in die das Meer eine sanfte Dünung drückt. In den steilabfallenden Felsen sind kleine Höhlen, die Grabkammern der ersten Christen eingegraben. Auf den herausgemeißelten Totenbetten konnte man wunderbar vom Wind geschützt schlafen.

Darum beneide sie mich, sagte sie, daß ich einfach dahin fahren könne, wohin ich wolle. Sie fragte, was ich mache, und sie beneidete mich auch noch um das Taxifahren.

Ich sagte ihr, daß ich das nicht aus Lust am Taxifahren, sondern aus Unlust am Studium tue.

Sie wollte wissen, warum ich die Lust verloren habe.

Ich antwortete: daß Unlust nicht bloß einen Mangel der Lust bedeutet, sondern einen positiven Grund hat, nämlich diejenige Lust ist, die aus einem anderen Grund stattfindet, das jedenfalls sagt Kant.

Darüber nachdenkend, vergaß sie, mich nach dem positiven Grund meiner Unlust zu fragen. Sie führte mich zu dem früheren Gendarmenmarkt. Die Ruinen der französischen Kirche und des Schauspielhauses sehen aus wie Radierungen von Piranesi, plastisch geworden. Sie erzählte mir, daß sie eigentlich Medizin habe studieren wollen, dann aber keinen Studienplatz bekommen habe, da die Beurteilung ihrer gesellschaftspolitischen Tätigkeit ungünstig war. Sie hatte sich nicht ausreichend in der FDJ engagiert. So sei sie zur Assyrologie gekommen.

Daß ich noch vor drei Jahren überlegt hatte, der Kommunistischen Partei beizutreten, konnte sie nicht verstehen.

Ich sagte, daß ich das noch immer gut verstehen könne, aber nur aus der historischen Distanz. Heute sei mir der Gedanke fern, was mich aber nicht mit Genugtuung erfülle, eher mit Trauer.

Was sie nicht nachvollziehen konnte (oder wollte?) war, daß man sich im Westen nicht wohl fühlen könne. Sie hatte einen absolut ungebrochenen Glauben an dessen größere Effektivität und Liberalität. Da ich nicht über mich reden wollte, erzählte ich ihr von Oberhofer, der sein Abitur ziemlich mühsam über den zweiten Bildungsweg nachgeholt hat, um Lehrer zu werden. Er darf aber gar nicht Lehrer werden. Er findet nämlich die Effektivität mörderisch und die Liberalität verlogen. Oberhofer ist Kommunist.

Sie aber hörte kaum zu, unterbrach mich, zeigte auf Gebäude und erzählte mir deren Geschichte. Schließlich sagte sie, sie habe keine Lust, darüber zu diskutieren; das Politisieren sei für sie wie ein Marsch durch die Wüste, sandig, trocken und öde. Ich widersprach. Ich habe die Wüste mit eigenen Augen gesehen, in Algerien. Er gibt kaum etwas, was in seinen Formen so vielfältig und in seinen Farben so intensiv ist.

Das mag sein, sagte sie, aber sie benötige für ihr Wohlbefinden viel Grün.

Aber das Blau hinter der Wüste.

Das Blau ohne Grün sei kalt.

Danach redeten wir Belangloses.

Wenn ich ihr widersprach, so kam das weniger aus Überzeugung als aus der Gewohnheit einer früheren Haltung. Tatsächlich lag das, was mich quälte, was mich umhertrieb, was meine Wünsche und meine Träume ausmachte, neben dem, was ich politisch zur Sprache bringen konnte. Die Begriffe hatten langsam von ihrer Stärke und Spannung verloren, und ich konnte in ihnen nichts mehr von mir finden. Ich dachte, daß Oberhofer mich möglicherweise mit einem ähnlichen Erstaunen sieht, wie ich dieses Mädchen sehe, das in seiner Resignation uralt wirkt. Eine melancholische Endzeitstimmung, die das Glück im kleinsten Kreis sucht, im ganz Privaten. Der Gedanke, daß auch ich einmal in einer so verknitterten Haltung leben könnte, machte mir angst.

Sie mußte in ein Colloquium. Wir verabredeten uns auf den Abend vor dem Eingang der Universität.

Auf dem Dorotheenstädter Friedhof suchte ich das Grab von Brecht und fand es im Schutz der Friedhofsmauer. Der Kies knirschte unter meinem Schritt, und die Dinge traten in ihrer Kantigkeit hervor. Ich setzte mich auf eine gemauerte Umfassung gegenüber dem Grabstein Hegels, einem kleinen Obelisken, und rauchte eine Zigarette. Durch die noch kahlen Äste der Bäume am Ende des Friedhofs war eine Fabrikhalle zu sehen, aus roten Backsteinen gemauert, wohl um das Ende des letzten Jahrhunderts. Aus dem Schlot zogen giftiggelbe Rauchschwaden. Auf dem Dach der Fabrikhalle entwich mit einem gleichmäßigen Zischen Dampf aus einem Ventil. Das alles würde bald vom Grün der Blätter verdeckt sein, nur das Zischen wäre dann noch zu hören. Zur rechten

Seite standen Häuser. Auch hier war der Putz der Fassaden von Geschoßeinschlägen aufgerissen. Es war, als habe der Kampf um den Friedhof gerade eben stattgefunden. Ich saß in einer Feuerpause rauchend in der Sonne, die Luft erfüllt vom mechanischen Gezwitscher der Vögel.

Auf dem Friedhof war außer mir nur ein alter, bukkeliger Mann, der zwischen den Gräbern hin und herging. Als er näher kam, sah ich, daß er in der Hand einen Holzstock hatte, an dessen Ende ein Nagel eingeschlagen war. Mit dem Nagel pickte er herumliegendes Papier auf.

Dachte ich an Karin, war mir, als hätten wir uns vor langer Zeit gekannt. Sie würde jetzt auf meinen Anruf warten. Der Gedanke brachte mir jedoch keine Genugtuung.

Auch die Vorstellung, daß sie mit dem anderen zusammen war, ließ mich kalt. Ich wollte sie heute abend oder morgen anrufen. Was weiter werden sollte, wußte ich nicht, aber es war mir in diesem Moment – zum ersten Mal – gleichgültig. Ich wartete, daß die Zeit verging, damit ich das Mädchen treffen konnte.

Als der alte Mann mit seinem Stock langsam auf mich zukam und vor mir einen Fahrschein aufpickte, richtete er sich etwas auf, sah in den Himmel, in dessen Blau nur einige weiße Wolken waren, und sagte: Das Wetter wird schlecht. Er spüre das. Ich bot ihm eine Zigarette an. Er erzählte, daß er sich mit dem Ordnungsdienst auf dem Friedhof ein Zubrot zu seiner Rente verdiene. Früher war er einmal Regierungsassessor bei der preußischen Landesregierung gewesen. Als Kind, bei einem Klassenausflug in den Tiergarten, habe ihm einmal der Kaiser die Wange getätschelt. Das habe ihm vor den Kindern sehr geholfen. Er spielte damit offenbar auf seinen Buckel an. Die Sommer seien damals weit wärmer gewesen als heute, besonders die Nachsommer. Er ging dann weiter, immer wieder das herumliegende Papier aufpickend, das er, war genug am Nagel, in einen Eimer abstreifte.

Am Grabstein von Hanns Eisler, einem quadratischen Steinblock, hing an einem roten Seidenband eine Kugel aus Strohblumen, wie man sie in Bayern findet. Die Strohblumen hatten hier etwas rührend Vertrautes.

Auf dem Weg zur Universität überlegte ich, was ich tun könnte, um wieder in den Schutz eines neuen Anfangs zu kommen.

Sie kam aus dem Tor, noch immer in der blauen FDJ-Bluse, und legte wie selbstverständlich den Arm um mich. Wir gingen über die Straße in einen kleinen Park. Unter dem Bronzedenkmal Blüchers küßten wir uns. Sie hatte ihr Haar gebürstet, es fiel mir weich ins Gesicht. Ich fragte sie, wohin wir gehen könnten, und sie sagte, es gebe nur die Möglichkeit, in ihr Wohnheim zu fahren. Wir standen in der S-Bahn und preßten unsere Körper aneinander. Draußen in der Dämmerung zogen im Schwellenschlag die Kulissen der Häuser vorbei.

Auf dem Weg zum Wohnheim fragte sie mich, wie ich das Leben hier fände.

Ich sagte, ich fühle mich wohl.

Das Wohnheim lag in einem Neubaublock, vierzehn Stockwerke hoch und in einer monotonen Fertigbauweise errichtet. In der Dreizimmer-Wohnung schliefen neun Mädchen. Es war eng, aber gemütlich, nur die Doppelstock-Betten störten etwas. Sie bat ein Mädchen, das im Zimmer an einem Tisch saß und schrieb, hinauszugehen und den anderen zu sagen, sie möchten nicht hereinkommen. Das Mädchen begrüßte mich und ging hinaus, ohne Verwunderung oder Neugierde zu zeigen. An der Wand hingen Plakate, die für einen Besuch in Spanien warben, eine Felsküste mit einem Sandstrand, davor eine ankernde Segeljacht, der Löwenbrunnen von Granada, ein weißgestrichenes andalusisches Landhaus auf einer Bergkuppe. Sie verschloß die Tür und zog sich aus. Geübt stieg sie in das obere Bett. Als ich nackt war und ihr vorsichtig und mit schlenkerndem Geschlechtsteil nachstieg, mußte ich lachen. Sie legte mir die Hand auf den Mund und zog mich auf sich.

Das Bett schaukelte ein wenig, als ich mich vorsichtig bewegte. Sie aber lag ruhig, mit geschlossenen Augen und hinter dem Kopf verschränkten Armen, aber in ihr war ein saugendes Ziehen. Dicht vor mir lagen die Augen hinter den geschlossenen Lidern, und es war, als beobachte sie etwas in sich.

Um Mitternacht lief mein Tagesvisum ab. Ein Grenzsoldat, meinen Paß in der Hand, fixierte mich. Ich mußte das Haar vom linken Ohr streichen und den Kopf leicht drehen. Er verglich mich mit meinem Paßbild. Irgendwie schien ich mir nicht genug ähnlich zu sehen. An einem Tisch saßen zwei Uniformierte und aßen Stullen aus einer Blechdose. Dann saß ich in einem mit Zigarettenkippen übersäten S-Bahnabteil und beobachtete mich im dunklen Fenster. Ich mußte schließlich lachen, so finster sah ich drein.

Hinter dem Tiergarten tauchte plötzlich hell beleuchtet und in grellen Neonfarben der westliche Teil der Stadt auf. Am Bahnhof Zoo stieg ich aus. Unten in der Halle lag ein Mann verkrümmt am Boden und hatte schaumiges

Blut gekotzt. Er rang gurgelnd nach Luft. Besoffene Penner und ein paar Neugierige standen herum.

Jemand sagte: Der macht jetzt rüber.

Einige lachten und einer schrie: Prost, und: Guten Rutsch. Er hob eine Schnapsflasche.

Ich wachte frühmorgens auf. Draußen sangen die Vögel, ein inbrünstiges Toben. Es war kurz nach fünf und schon hell. Ich wusch mich und verließ leise die Pension.

Es war warm und der Himmel von einem wolkenlosen Graublau. Ich lief durch die Straßen und überlegte, ob es nicht besser sei, nach M. zu fahren. Aber ich sagte mir, daß ich auch dort durch die Straßen laufen würde. Auch schreckte mich der Gedanke, ihr leeres Zimmer zu sehen, ihre Blattpflanzen zu gießen. Dort war alles mit Erinnerungen vollgestellt. Und doch konnte ich nicht sagen, was ich hier eigentlich noch wollte. Zugleich quälte ich mich wieder mit der Vorstellung, wie sie mit dem anderen zusammen war. Dort war alles frisch und neu und von einer zügellosen Haltlosigkeit, die wir in unserem Zusammensein nicht mehr kannten.

Der Gedanke, sie zurückzugewinnen, war so lächerlich wie die Sprachformel, in der ich das dachte. Das erinnerte an Roulette und Falschspieler. Was mich hielt, war eine blinde Neugierde, die leere Hoffnung, etwas möge passieren, ohne daß ich sagen konnte, was denn dieses Etwas sein sollte. Ich hätte mir höchstens wünschen können, alles sollte wie früher sein. Aber wann sollte dieses Früher einsetzen? Bevor sie mich verließ (so muß ich es doch wohl inzwischen nennen)? Bevor sie ihn kennenlernte? (Hätte ich zwischen diesem Zeitpunkt und ihrem Flug nach Berlin den Dingen noch einen anderen Lauf geben können?) Bevor ich mein Studium abgebrochen hatte?

Ein Märchen: Eines Nachts wachte ein Mann auf und, nachdem er zu Sinnen gekommen war, merkte er, daß ihm etwas fehlte. Man hatte ihm seine Wünsche gestohlen.

Wie ist diese Unlust in mich gekommen? Diese wachsende Beängstigung, die wie ein Schatten auf mich fällt und, wohin ich sehe, mir alles ins Grau verdunkelt. Dabei war um mich die Aufbruchsstimmung des Frühlings. Ein Taxi fuhr langsam vorbei. Der Fahrer sah zu mir herüber. Er hoffte, daß ich ihm winken würde zu halten. Die Kastanien hatten ihre Blätter entfaltet wie kleine grüne Pfoten. Am Ende der Straße entdeckte ich einen Wagen der Stadtreinigung, der den Bürgersteig abspritzte. Der Wagen kam langsam auf mich zugekrochen. Der Wasserstrahl schob Staub und Papier vor sich her. Erschrocken blieb ich stehen und wußte nicht, wie ich mich vor dem Wasserstrahl in Sicherheit bringen sollte. Schon war die Luft erfüllt von einer feinen Wassergischt, da brach der Strahl vor meinen Füßen ab und setzte unmittelbar hinter mir knatternd wieder ein. Ich stand auf einer trockenen Insel, grau und staubig. Und plötzlich war in der Luft schwer der Geruch von Wasser und Grün. Auf den Wasserstrahl starrend, hatte ich einen winzigen Augenblick das Gesicht des Fahrers gesehen, eines Südländers. Er hatte gelacht. Ich lief durch Straßen, deren Namen mir nichts sagten, und durch Gegenden, die ich nicht kannte, und mußte an jenen Morgen denken, an dem ich den Vater in die Klinik gefahren hatte – tot – und frühmorgens durch die Straßen nach Hause gelaufen war. Das ist das Unfaßliche, das Verschwinden eines uns nahen Menschen. Alle Dinge scheinen ihn zu halten, da er an ihnen hängt. Aber plötzlich sind sie nur noch übrig, und es haftet an ihnen nur die Erinnerung. Als die Geschäfte öffneten, ging ich in ein Café und bestellte mir Kaffee und Butterhörnchen. Wenigstens das blieb frisch und intensiv: der Appetit, obwohl auch darin, wenn als einfacher Freßvorgang erlebt, etwas Monotones liegt. Vom Café aus konnte ich beobachten, wie auf der gegenüberliegenden Straßenseite ein griechischer Gemüsehändler seine Waren auf die Straße stellte. Sorgfältig polierte er das Obst. Apfel um Apfel. Birne um Birne. Ich blätterte in der Zeitung. Aber ich mochte weder im politischen noch im kulturellen Teil etwas lesen. Alles war mir bekannt. Und tatsächlich betrafen die Informationen meist Dinge, die sich schon durch die letzten Wochen, wenn nicht Monate durchzogen: Friedensverhandlungen in Nahost. Carters Energie-Programm. Die Kernkraftwerk-Diskussion. Dagegen las ich im Lokalteil jeden Bericht. Allem haftete etwas Besonderes, Einmaliges an. Eine Studentin war von einem zwanzigstöckigen Hochhaus auf eine belebte Straße gesprungen. Zuvor hatte sie sich oben auf dem Dach die Pulsadern aufgeschnitten. Was für ein Aufwand, um sich aus dem Leben zu bringen. Was für ein Spektakel. Es heißt, die Bekannten der Studentin hätten keinerlei Anzeichen bemerkt, die auf die Tat einen Hinweis gegeben hätten. So mußte sie sich auf eine belebte Straße stürzen.

Später, nach zehn (die beiden müssen sich ja ausschlafen), rief ich sie an. Sie war sofort am Apparat und sagte: Endlich. Sie habe gestern den ganzen Tag gewartet. Sie sagte das ohne jeden Vorwurf. Wir verabredeten uns wieder im Café *Möhring*, das mir mit seinen alten Tanten so zuwider ist, aber mir fiel nichts Besseres ein.

Ich fragte sie, sofort nachdem sie sich gesetzt hatte, wie sie sich das vorstelle, wie es weitergehen soll. Es müsse beides möglich sein, meinte sie, mit mir zusammenzusein (wie sich das geschrieben liest!) und mit dem anderen. Ich zweifle nicht, daß auch sie in den vergangenen Tagen gelitten hat, aber etwas ist in ihr, das ihr selbst dieses Leiden noch genießbar macht. Sie leidet, behauptet sie, weil sie, gibt sie sich ihren Gefühlen hin, irgend jemanden verletzt, mich oder den anderen. Und doch liegt in dieser Zerrissenheit die Möglichkeit ihrer Hingabe, vermute ich, also ihre Intensität. Ich erfahre dies: den Mangel meiner Existenz. Sie: den Widerspruch ihrer Gefühle. Ein, wie ich finde, produktiver Zustand. Ich bin der Geist, der im Garten ihrer Lüste herumsteht. Sie drückt das so aus: Was ist das für eine Instanz in uns, die unseren Gefühlen sogleich das schlechte Gewissen als Polizisten beistellt. (An ihren geläufigen Formulierungen glaubte ich zu bemerken, daß sie schon oft mit dem anderen über diese Dinge geredet haben muß.) Man muß es doch schaffen, sich aus dieser Überwachung zu befreien. Seinen Bedürfnissen leben zu können, ohne den Druck des Zweifels. Warum soll es nicht möglich sein, dir nahe zu bleiben, wenn ich mit ihm zusammen bin. Soll man sich seine Erfahrungen durch falsche Rücksichtnahmen knebeln lassen? Wie kommt dieses Gallige in unsere Empfindungen, die, für sich genommen, gut sind. Sie stellte die Fragen in ihrer stillen nachdenklichen Weise. Aber was hätte ich antworten können? Um das Problem zu lösen, hätte ich mich auflösen müssen. Sie zu bitten, auf den anderen zu verzichten, schien mir wie ein Gedanke aus einer vergangenen Epoche. Und doch dachte ich daran und war mehrmals davor, ihn auch auszusprechen, wissend, daß sich damit nichts lösen würde. Denn selbst wenn sie darauf eingehen würde (was nicht denkbar ist), käme das Gift von ungelebten Möglichkeiten in unsere Beziehung.

Unsere Einsichten und Erkenntnisse sind unseren Gefühlen noch weit voraus. Und auch diese Einsicht hilft nicht, weder ihr noch mir. Ich sagte: Wir müssen versuchen, den emotionalen Schutt, den man in uns abgeladen hat, wegzuräumen.

Ja, sagte sie.

Sie nahm wie am ersten Tag in diesem Café über den Tisch meine Hand. So saßen wir uns gegenüber, schwiegen, aber sahen uns an. Wer uns so sitzen sah, hätte denken müssen, daß wir das glücklichste Paar seien.

Mittags fuhren wir in ihrem Mini-Cooper zum Wannsee. Wir wollten das Grab von Kleist suchen. Sie freute sich, ihren Wagen steuern zu können, und raste über die Stadtautobahn. Ich bot ihr an, den Wagen in Berlin zu lassen. Ich würde dann mit der Eisenbahn zurückfahren. Sie lehnte ab. (Sie weiß, daß ich nicht gern mit der Eisenbahn fahre.)

Sie kam auf meinen Besuch bei ihm zu sprechen. Sie sagte, das hätte auch weniger überfallartig passieren können. Außerdem wäre sie gern dabei gewesen, so habe sie das alles von ihm erfahren müssen. Willst du mir noch Vorwürfe machen, daß ich mir den anderen mal ansehen wollte, ist das so unbillig. Nein, sagte sie, sie verstehe das, nahm die Hand vom Gang und legte sie kurz auf meine.

Wir gingen das Ufer entlang, das steil zum See abfällt. Unter hohen Kiefern fanden wir den Grabstein, einen kleinen unbedeutenden Sandstein. Aber der Blick geht von dieser Stelle weit über den See. Kaum daß ein Wind ging. Ein Segelboot kreuzte langsam durch das gleißende Wasser. Ich will nicht glauben, daß Kleist zufällig an diesen Platz kam. Auch dieser Blick scheint noch etwas zu sagen, was aber nicht in Worte zu bringen ist.

Wir saßen eine Weile nebeneinander auf dem sandigen Boden und blickten über den See und die Ufer. Dann kam plötzlich eine Schulklasse, Mädchen und Jungen, dem Dialekt nach aus dem Rheinland, denen eine nervöse Lehrerin die Bedeutung dieses Ortes zu erklären suchte. Dabei verwies sie immer wieder auf den im Unterricht durchgenommenen *Prinzen von Homburg.* Die Schüler lachten und redeten, einige knutschten, und ein Junge ließ heimlich einen Flachmann herumgehen. Limonade, sagte er grinsend zur Lehrerin, der verschwitzt die Bluse aus dem Rock hing. Schließlich redeten alle durcheinander, während nur noch die Lehrerin auf den Grabstein starrte.

Wir gingen in den Wald, und mir war, als führe sie mich absichtlich auf wenig begangene Wege und schließlich ganz vom Weg ab. Das Holz knackte unter dem Schritt, und es war auch hier unter den Kiefern warm, es roch nach Moder, Holz und Laub. Aus der Ferne hörte man immer wieder Maschinengewehrfeuer.

Sie sagte, das seien amerikanische Soldaten, die im Grunewald die Verteidigung Berlins gegen die Russen übten.

Hin und wieder hörte man auch Explosionen.

Ein Manöver, sagte sie nochmals.

Aber es war, als sei an der Stadtgrenze der Krieg ausgebrochen, und ich lauschte, ob das Schießen näherkam. Daraus, daß sie so genau Bescheid wußte, schloß ich, daß sie auch mit dem anderen hiergewesen war. Jetzt war es mir gleichgültig. In einer Lichtung setzten wir uns. Ich breitete meine Lederjacke aus und legte mich neben sie. Wir lagen nebeneinander, ohne Berührung, aber wir hörten einander atmen. In diesem Moment hätte ich sagen können: Komm, hätte sie dann hochziehen und mit ihr zusammen wegfahren können. Aber ich lag wie gelähmt, da ich mir sagte, sie würde es später bereuen, vielleicht schon auf der Fahrt.

Als die Dämmerung hereinbrach, machten wir uns auf den Rückweg.

Sie sagte, sie wolle irgend etwas anderes arbeiten. Was, wisse sie noch nicht. Auf jeden Fall habe sie keine Lust mehr, diesen reichen Nullen die Häuser einzurichten.

Ich sagte, der Ekel vor ihrer Arbeit komme etwas überraschend, bislang sei sie mit ihrer Arbeit doch zufrieden gewesen. Und ich bemerkte wiederum, wie sehr sie sich verändert hatte, wie sie mir doch in den wenigen Tagen, die wir uns nicht gesehen hatten, fremd geworden war. Sie hatte plötzlich andere Wünsche. Ihre Unzufriedenheit war aufgebrochen und sprach sich aus, durch seinen Einfluß. Nicht weil er sie hätte bereden können, sondern weil er diese andere Möglichkeit lebte. Seine Arbeiten und Überlegungen zu alternativen Lebens- und Wohnformen fielen mir ein, und ich fand es logisch und geradezu zwangsläufig, daß sie mit ihm zusammen war. In bestürzender Weise wurde mir klar, was er für sie bedeutete: Ein neuer Lebensentwurf. Wie zu meiner Entschuldigung sagte ich: Aber wir haben doch schon immer über diese Nullen gelacht.

Eben, antwortete sie, wir haben nur gelacht.

Da stürzten plötzlich Gestalten aus den Gebüschen auf uns zu, Maschinengewehre in den Händen, die Gesichter geschwärzt. Wir standen starr vor Schreck. Die Amis wollten sich ausschütten vor Lachen über unser Entsetzen.

Als wir den Wagen erreicht hatten, saß ihr der Schreck noch immer so in den Gliedern, daß sie nicht fahren mochte. Wir saßen eine Weile im Auto und rauchten.

Dann fuhren wir nach Charlottenburg. Unterwegs ließ sie mich vor einer Telefonzelle halten. Sie wollte ihn anrufen. Ich blieb im Wagen sitzen. Sie wählte, lächelte herüber, drehte mir dann, als er sich meldete, den Rücken zu. Beim Sprechen drehte sie das Telefonkabel. Mehrmals schüttelte sie verneinend den Kopf. Offensichtlich hatte er viele Fragen. Ich konnte sie mir alle nur auf mich bezogen vorstellen. Am Schluß des Gesprächs hob sie kurz wie zu einem Kuß den Kopf. Sie kam mit einem bemüht nichtssagenden Gesicht zurück und schlug vor, zu einem Griechen zu gehen.

Ein Kellerrestaurant. In der Küche sahen wir in die Töpfe und bestellten uns das Essen. Mit uns am Tisch saß eine Frau in einem eleganten Kostüm. Das gerade servierte Lammfleisch schnitt sie in kleine mundgerechte Stücke, legte dann das Messer beiseite, spießte Stück für Stück mit der Gabel auf und schob sie sich in den Mund, dabei blätterte sie mit der Rechten in dem Taschenkalender, den sie neben den Teller gelegt hatte. Sie hakte Termine ab, dann strich sie im Jahreskalender einen Tag aus, den heutigen. So waren alle bisherigen Tage dieses Jahres durchgestrichen, und zwar in unterschiedlichen Farben, rot, grün, blau und schwarz. Sie hatte einen Moment nachgedacht und mit ihrem Vierfarben-Stift geschnippt, bevor sie den heutigen Tag schwarz ausstrich.

Karin fragte sie, was diese Kreuze zu bedeuten hätten.

Die Frau starrte sie überrascht und feindselig an, dann sagte sie: Nichts. Sie klappte den Kalender zu, rief nach dem Wirt und verlangte die Rechnung.

Wir aßen und tranken Wein dazu, aber es war nicht wie früher. Wir redeten beim Essen zuviel. Sie erzählte von Ausstellungen, ich von Peridam, Anna, Frank Zappa und dem unglücklichen Assistenten.

Kurz nach Mitternacht fuhr ich sie zu ihm. Vor der von ihr bezeichneten Haustür blieben wir noch im Wagen sitzen. Was sollte ich sagen? Was tun? Ich war nicht auf diesen Abschied vorbereitet. Da sagte sie, sie habe sich entschlossen, morgen zu ihrer Mutter zu fahren. Sie müsse Distanz zu den Dingen (sie sagte schonend: Dinge), aber auch zu sich selbst bekommen. Dann stieg sie aus, bat mich sitzen zu bleiben, küßte mich flüchtig und ging, ohne sich umzudrehen, auf die Eingangstür des Hauses zu, zog einen Schlüssel (sie hat einen eigenen Schlüssel) aus der Handtasche, schloß auf. Wie in Zeitlupe fiel die schwere Holztür hinter ihr zu.

Ich fuhr ein Stück, stellte den Wagen ab und ging durch die Straßen. Erst langsam tauchten die Gegenstände in ihren Umrissen wieder auf. Der Gedanke, jetzt in das Zimmer der Pension zu gehen und dort zu sitzen, war unerträglich. So lief ich weiter durch die nächtlichen Straßen, ohne zu wissen, wo ich war und wohin ich ging. Jedes erleuchtete Fenster schien wie ein Versprechen aus der Kindheit, auch wenn ich mir sagte, daß dahinter wahrscheinlich Kämpfe tobten oder sich die Gleichgültigkeit fläzte.

Wie würde man das alles ändern können und sich selbst auch.

*

7. Juni

Fuhr heute wieder. Der Verkehr schien mir aggressiver und hektischer als zuvor. Zwölf Stunden im Wagen, aber ich kam nur auf 130 Mark. Ein Typ wollte um den Fahrpreis handeln, da er meinte, ich hätte einen Umweg gemacht. Er nannte Straßennamen und behauptete, das sei der kürzere Weg. Schließlich platzte mir der Kragen, und ich warf den Kohlkopf raus; als er nicht gleich aussteigen wollte, lief ich um den Wagen, riß die Tür auf und brüllte: Raus, sonst polier ich Ihnen die Fresse. (Daß ich ihn wie ein Kutschknecht anpöbelte, ihn zugleich aber immer siezte, war ziemlich komisch.) Er stieg dann ganz gelassen aus, als hielte ich ihm die Wagentür auf. Als ich wieder am Steuer saß, sah ich, daß er grinste. Vielleicht fährt er schon seit Monaten auf diese Weise kostenlos Taxi. Als ich später auf dem Plan nachsah, mußte ich feststellen, daß es wirklich einen kürzeren Weg gab.

Gespräche am Stand: Alle sind der Meinung, daß der Strauß kommen und es wieder eine rechte Ordnung geben muß.

In der Küche hockten Anna und der Assistent. Beide meinten, wenn es dazu käme, würden sie auswandern. Euch würde doch gar nichts passieren, sagte ich. Da taten sie beleidigt und verzogen sich bald in Annas Zimmer.

Es ist peinlich, wie plötzlich alle möglichen Leute, die sich als links verstehen (deren Position aber gerade dadurch gekennzeichnet ist, nichts zu tun), sich schon von einem Kanzler Strauß verfolgt sehen. Tatsächlich machen sie sich, indem sie Strauß zum Hitler aufblasen, nur selbst interessant.

8. Juni

Abends hat er angerufen. Ich habe seine Stimme niemals am Telefon gehört; sein Name war mir, da ich ihn auch für mich nie nannte, nicht im Bewußtsein. Heinrich, wiederholte er und fügte, als ich immer noch zögerte, verwirrt hinzu: Der Bekannte von Karin, aus Berlin. Später konnte ich nicht ohne Schadenfreude an diesen Satz denken. Er war noch um einiges idiotischer als der, mit dem ich mich damals bei ihm eingeführt hatte. Heinrich wollte wissen, ob ich etwas von Karin gehört hätte. (Er sagte immer: Karin, nie: sie.) Nein, aber sie habe zu ihrer Mutter fahren wollen. Er sagte, sie habe sich anders entschieden, sie sei zu einer Freundin nach Rom gefahren. Er war auf dem neuesten Stand der Entwicklung, und das machte ihn, spürbar, ruhiger. Am Mittwoch vor einer Woche ist sie gefahren, sagte er. (Das heißt, sie ist noch zwei Tage nach unserem Abschied bei ihm geblieben.)

Jetzt grüble ich und weiß nicht, bei wem sie in Rom sein könnte. Sie hat nie von einer Freundin in Rom geredet. Vielleicht ist es nur eine Mystifikation, damit er ihr nicht nachreisen kann. Er dachte wohl, ich müßte die Freundin kennen und wollte ihm die Adresse nicht geben. Darum beteuerte er auch immer wieder, er wolle ihr lediglich einen Brief schreiben. Ich muß gestehen, daß sich mein schwarzes Herz freut, denn jetzt widerfährt ihm, was er mir die vergangenen vier Wochen bereitet hat: Angst und Zweifel.

Ich war darum bemüht, ihn nicht zu verletzen und keine Überheblichkeit zu zeigen, und doch befürchte ich, daß er etwas bemerkt hat, eben diese bemühte Rücksichtnahme.

Nach diesem Anruf war mir gleich anders ums Herz. Der Gedanke, daß sie zurückkommen wird, hatte nichts Unwahrscheinliches mehr.

10. *Juni*

Wachte von meinen Schreien auf. Ich träumte, daß ich zu Hause im Sessel eine Fernsehsendung ansehen mußte. Der Film zeigte in großer Farbigkeit eine Wiese und darin Menschen, die einander liebkosten. Die Kamera fuhr durch das hohe Gras von Paar zu Paar, und auch ich sah mich mit einer Frau (die ich nicht kannte) dort liegen. In Schwarzweiß wurde ein schalldichter Raum gezeigt, in dem ein Stuhl stand, einem gynäkologischen Stuhl ähnlich. Darauf sitzt ein Mann, der eben noch in der Wiese lag. Ihm werden Elektroden an das Genital gelegt. Der Ton fehlt. Da der Mann schweigt, wird ein Schalter betätigt. Der Mann bäumt sich auf. Man sieht den aufgerissenen Mund. Aber alles bleibt stumm. Die Wiese. Darin ein Paar, das sich küßt. Lachen. Der Wind in den Bäumen. Das Singen der Vögel. Ein bunkerähnlicher Raum. Zwei Männer bereiten etwas vor. Sie tragen Flanellhosen, Krokoledergürtel, elegant geschnittene Hemden, deren Ärmel sie locker aufgekrempelt haben. Auf einem Stuhl sitzt die Frau angeschnallt (eine Frau, die manchmal Karin, manchmal ich bin). Man legt ihr ein Plastiktuch um den Hals. Die Männer prüfen verschiedene Instrumente, wählen schließlich eine merkwürdige Klammer aus, verchromt und mit Schrauben versehen. Sie halten wie zur Demonstration die Klammer vor die Kamera, dann setzen sie das Instrument in die Mundhöhle, klemmen die Zungenspitze ein und drehen die Zunge langsam heraus,

bis sie reißt. Sie tun das mit der Sachlichkeit von Zahn-
ärzten.

Als ich langsam zu mir kam, hörte ich das Knattern
eines Hubschraubers.

Sonntag. Alle sind hinaus aufs Land in die Sonne. Ich
blieb den Tag zu Haus, in der Hoffnung, sie könnte
anrufen.

11. *Juni*

Ich warte auf sie, als wäre ich, käme sie zurück, der glücklichste Mensch. Und doch weiß ich inzwischen, was
meine Sehnsucht nach ihr noch nicht wahrhaben will, daß
mir, käme sie zurück, nicht geholfen wäre. Die Symptome
meiner Krankheit wurden durch ihr Weggehen lediglich
verstärkt und damit fühlbarer: eine allgemeine Lustlosig-
keit, die langsame Auszehrung der Zuversicht, die Bleich-
sucht der Wünsche, eine Atrophie des Willens. Darum
beneide ich ihn, Heinrich, der bis über beide Ohren in
seinen Entwürfen steckt, und ich bilde mir ein, mir müßte
wohl sein, wäre ich an seiner Stelle. Oder Oberhofer, der
sich abends in seine Bücher vertieft, nachdem er ein pro-
vençalisches Huhn gekocht hat. Der, Lenins Kopf in Por-
zellan auf dem Schreibtisch, Referate für seine Parteigruppe vorbereitet und zweimal im Monat frühmorgens
die Parteizeitung vor dem Fabriktor verkauft. Ich frage
mich, woher nimmt er diese energische Überzeugung
(oder ist es Glaube?) für eine bessere Zukunft, die man
ihm doch gerade vernagelt hat. Woher nimmt er diese
Kraft? (Vielleicht hat ihn der Krankheitserreger nur noch
nicht erreicht?)

Er sagt mir: Tu etwas, gegen das, was dich bedrückt. Studiere. Mach dein Examen. Du mußt wissen, was du willst, wo du stehst und wohin du willst. (Er sagt das durchaus nicht frischfröhlich, sondern zögernd, mit Einschränkungen und nachdenklich.) Aber das sind goldene Worte von ewiger Richtigkeit, erhaben und darum auch so fern. Ich müßte ihm sagen, daß das, was ich abstrakt als richtig eingesehen habe, noch nichts mit meinen Gefühlen, Bedürfnissen, meiner Gier nach einem anderen Leben zu tun hat. Ja, das eine ist auf schmerzhafte Weise vom anderen getrennt, schmerzhaft, weil ich glaube, beide gehörten zusammen, aber zugleich fühle ich, sie kommen nicht zusammen, es sei denn durch Zwang oder Abtötung meiner Begierden und damit meiner selbst. Es müßte (es muß!) aber beides zusammenkommen, damit nicht nur *irgend etwas* anderes herauskommt, sondern ein radikal Anderes: ein Mehr an Lust, an Phantasie, an Freundlichkeit.

13. *Juni*

Morgens beim Kaffeetrinken höre ich wieder die drei Griechen kommen. Jede Woche kommen sie dreimal durch die Straße. Ich höre das Schurren ihrer Reisig-Besen und ihr Reden. Zwei fegen den Bürgersteig, einer schiebt die Blechkarre mit den beiden hohen Holz-Rädern. Sie fegen ohne jede Hast, mit gleichmäßig ruhigen Bewegungen und bleiben oft stehen und warten, bis der dritte den Schmutz auf eine Schaufel geschoben und in die Karre geworfen hat. Hin und wieder singen sie, und einmal tanzte einer mit über den Kopf erhobenen Händen, während die anderen beiden lachten und sangen und in die Hände klatschten. Ein Mann ging vorbei, drehte sich um, blieb stehen und pöbelte. Da gingen sie weiter in ihren orangefarbenen Anzügen. Am Fenster stehend, die Kaffeetasse in der Hand, wünsche ich mir, mit ihnen zu gehen, aber als Grieche und mit der Hoffnung, bald auf die heimatliche Insel zurückzukehren.

Der Orgeltraum

In seinem ersten Semester erhielt Kerbel eine Anzeige wegen Hausfriedensbruch und Sachbeschädigung.

Aus Protest gegen die bevorstehende Verabschiedung der Notstandsgesetze wurde der Lehrbetrieb der Universität bestreikt. Das Hauptgebäude war von den Studenten besetzt worden. In der Eingangshalle tagten die Streikkomitees. Den beiden bayrischen Kurfürsten, die marmorn am Treppenaufgang liegen, hatte man Maulkörbe umgebunden. Aus Lautsprechern dröhnten Revolutionslieder.

Später spielte eine Kapelle, es wurde getanzt, Konfetti regnete von den Emporen herab, unter der Kuppel wälzten sich Luftballons. In den Seminarräumen tagten Arbeitskreise der *Kritischen Universität*. Es gab Wiener Würstchen, die ein Rechtsanwalt spendiert hatte, und Freibier, für das in den letzten Tagen gesammelt worden war. Väterchen Franz, Liedermacher und stark angesoffen, verlangte, daß man ihm das Manual der riesigen Orgel aufknacke, damit er endlich auf dieser Orgel in der Kuppelhalle die Internationale spielen könne, ein Wunsch aus seiner Studentenzeit noch. Man hatte zwar den Kasten aufbrechen können, aber niemand war imstande, das Gebläse in Gang zu setzen. Man suchte jemand mit Elektro-Kenntnissen. Kerbel, vom Tanzen verschwitzt und vom Freibier angesäuselt, meldete sich. Erst jetzt waren ihm die gewaltigen Orgelpfeifen an der Wand der Halle aufgefallen. Die größten Orgelpfeifen, die er je gesehen hatte. Er machte sich an die Arbeit, immerhin hatte er zu Hause oft aushelfen müssen. Schnell fand er die Leitungen heraus, riß Drähte ab und versuchte, das Gerät kurzzuschalten. Es zeigte sich aber, daß die Leitung tot war. Irgendwo war eine Sicherung herausgedreht worden. Der Liedermacher stand in der Zwischenzeit neben Kerbel und sagte immer wieder: Stellt euch vor, die Internationale auf dieser Orgel, in dieser Halle. Ihr seid doch Revolutionäre, ihr müßt das Ding doch schaffen. Aber die Sicherung war nicht zu finden, auch nicht im Rektoratszimmer, das man aufbrach. Später erfuhr Kerbel, daß die Sicherungen leicht zugänglich im Keller waren.

Irgend jemand, der Kerbel kannte, mußte ihn angezeigt haben, denn ihm wurde drei Wochen später ein Verfahren wegen Sachbeschädigung (Abreißen elektrischer Kabel am Orgelmanual) sowie Hausfriedensbruch angekündigt. Das Verfahren fiel später unter eine Generalamnestie für alle Straftaten, die während der Studentenunruhen begangen worden waren.

Einmal, nach Jahren, wachte Kerbel nach diesem Traum auf: In der Vorhalle der Universität wurde auf der Orgel die Internationale gespielt. Die riesige Kuppelhalle dröhnte. Niemand war zu sehen. Lediglich am Manual saß jemand und spielte. Als der sich umdrehte, war es Kerbel selbst. Er spielte, obwohl er weder Orgel noch Klavier spielen konnte und dies auch während des Spiels wußte. Aber die Tasten waren schwarze und weiße Finger, die sich selbst bewegten. Deutlich spürte er bei jeder Berührung das Weiche, Warme des Fleischs.

14. *Juni*

Ich sitze nachmittags im Café und beneide jeden, der draußen zielstrebig vorbeigeht.

15. *Juni*

Zwölf Stunden im Auto und ständig dieser Gesprächsmüll. Hört man die Dummheiten der Leute, zweifelt man, daß sich jemals in diesem Lande etwas ändern kann.

Ich lief durch die abendlichen Straßen, die die Tageswärme zurückstrahlten, und überlegte, ob es eine Möglichkeit gäbe, den Korkwald zu kaufen. Könnte man dort nicht mit anderen zusammenleben, auch mit ihr und, wenn sie es will, auch mit ihm, wobei der Gedanke in dieser Konstellation nichts Schreckliches hat. Man könnte gemeinsam arbeiten (mit den Händen und mit dem Kopf), essen, schlafen, schwimmen, mit den Kindern spielen, und das alles ohne irgendeinen überspannten Anspruch auf die große politische Linie. Eine Selbstfindung, die man nicht abstrakt ableiten müßte von irgendwelchen Pflichten gegenüber der Arbeiterklasse oder einem frischfröhlichen Fortschritt, sondern einzig aus den eigenen radikalen Bedürfnissen. Eine Neufindung der Sinne, des Zeitgefühls, der Einbildungskraft. (Wie gedankenlos, abwesend und allein esse ich!) Das Zusammenleben in einer Kommune, aber unter der Voraussetzung, den Lebensunterhalt durch eigene produktive Arbeit zu verdienen und nicht wie viele Kommunen auf Kosten anderer zu schmarotzen, der Eltern oder der Freunde. Auch und gerade sinnvolle Arbeit gehört zu dieser Selbstfindung. Wobei für jeden die freie Wahl der Arbeit vorausgesetzt ist, niemand ist dazu verdammt, bis zu seinem Lebensende etwas Bestimmtes zu arbeiten. Korkschälen (wird der Kork geschält?), Malen, Kinder unterrichten. Und die Arbeit so einrichten, daß die Natur durch sie nicht bis zur Zerstörung ausgebeutet wird. Der Versuch vielmehr, sie jeweils dem augenblicklichen Bedürfnis entsprechend zu gebrauchen. Wie der Wein erst durch das Schmecken, Riechen, Trinken, also durch die menschlichen Sinne mehr als bloße Flüssigkeit, also Wein wird, das heißt durch menschliche Arbeit verwandelte Natur –: Selbstgenuß.

Aus Annas Zimmer hört man das eindringliche Gemurmel des Assistenten. Oberhofer klebt vor der Universität Plakate. Ich sah ihn mit dem Leimeimer und seiner Freundin im Gang stehen. Ich versuchte zu lesen, stand zwischendurch aber immer wieder auf, holte mir ein Bier, dann Zigaretten, legte eine Platte auf, spielte sie nur an, Wagner: *Tristan,* tauschte sie mit Udo Lindenberg. Ging schließlich in ihr Zimmer und goß die Blattpflanzen.

Wie bekommt man 20 000 Mark zusammen. Das sind entweder mindestens drei Jahre Taxifahren, mit anschließendem Bandscheibenschaden, oder man findet fünf interessierte Leute, die alle 4000 Mark einbringen können. Die dritte Möglichkeit ist die reellste und auch schnellste, man holt sich das Geld von der Bank. Zwar sollen die Sicherheitssysteme inzwischen erheblich verbessert worden sein, aber die Aufklärungsquote ist immer noch minimal.

16. Juni

Als wir uns kennenlernten, wollten wir nach Rom fahren, und wie mir jetzt einfällt, hatte sie dort tatsächlich eine Schulkameradin wohnen, die mit einem italienischen Filmkaufmann verheiratet war. Aber wie sie heißt, weiß ich nicht, und ich wüßte auch nicht, wo ich das erfragen könnte (ihre Mutter wird instruiert sein und nichts sagen wollen). Die Fahrt haben wir damals aufgeschoben und schließlich nicht mehr darüber gesprochen. Ich hatte es vergessen. Es war ihr Wunsch, und zwar schon als Schülerin, einmal im Kolosseum zu sitzen.

Jetzt wird sie allein in diesem Schutthaufen stehen und sich beweisen, wie langlebig Wünsche sind.

Nachts.

Las, was ich gestern geschrieben habe, und bin etwas irritiert über diesen schmetternden Ton. Was sonst in der Schwebe des Gedankens bleibt, bekommt, schriftlich fixiert, etwas rempelhaft Direktes. Und noch vor gut drei Jahren habe ich über die Leute gelacht, die Körner futterten und mit den Fingern Ackerfurchen zogen, um noch einmal ganz von vorn anzufangen. Jetzt überlege ich, wie man an Geld herankommt, um in Portugal Korkeichen zu schälen. (Aber ich habe inzwischen einen psychischen Widerwillen – worüber Oberhofer wiederum nur den Kopf schütteln würde –, den plastikverpackten Dreck aus der Tiefkühltruhe zu fressen, und tue es aus Bequemlichkeit doch.)

Notiz

Korkeiche, die in Mittelmeerländern und Südfrankreich angebaute Eiche Quercus Suber.

Durch Schälung 8- bis 10-jähriger Eichen wird die harte Jungfernrinde, männl. K., und alle 8 bis 12 Jahre der weicher und porenfreier nachwachsende weibl. K. gewonnen. Der beste weibl. K. wird zu Flaschen-K., Schwimmern (Fischerei), Schwimmgürteln, Sohlen u. a. verarbeitet; die schlechteren Qualitäten, Abfälle und Jungfernrinde (etwa 80% der Erzeugung), werden gemahlen und als Korkschrot zu Linoleum, Korkplatten, Preßkork u. a. verarbeitet.

17. Juni
Abends.
Im Wagen habe ich immer wieder an den Korkwald denken müssen und mir auch Gedanken gemacht, wer unter den Bekannten für ein solches Zusammenleben überhaupt in Frage käme, mit wem ich gern ständig zusammen wäre. Es sind nicht viele. Dann kam ich nach Hause und traf Oberhofer in der Küche, der einen gekochten Ochsenschwanz für die Suppe auslöste. Ein Mädchen stand daneben und sah ihm zu.

Oberhofer erzählte, er habe L. getroffen, den großen L. aus der Zeit, als den Professoren noch die Farbeier um die Ohren flogen, L., der so zügellose Reden halten konnte, L., der, nachdem die Springerdruckerei gestürmt worden war, eine Hand voll Dreck in die Rotationsmaschinen werfen wollte – L. wolle in eine Landkommune nach Franken ziehen. Da essen sie den auf eigenem Mist gewachsenen Kohlrabi und genießen still den Sonnenuntergang, während in Nicaragua ein von den USA ausgehaltener Tollwütiger die Slums seines Landes bombardieren und das Trinkwasser der Armenviertel vergiften läßt.

Mir war, als hätte Oberhofer mich bei einem hinter-
hältigen Gedanken ertappt. Ich ging in mein Zimmer.
Ich suchte mein Journal. Ich habe den Verdacht, daß er
darin gelesen hat. Denn ich bin sicher, daß ich es gestern
auf dem Schreibtisch liegen gelassen habe und nicht auf
dem Fensterbrett. Er hat darin gelesen und versucht
jetzt, mich durch abfällige Bemerkungen zu L.s Plan von
meinem Vorhaben abzubringen. Der Gedanke, daß er in
dem Journal gelesen hat, insbesondere über den Korkwald, bereitet mir eine schamvolle Pein. Natürlich ist es,
sage ich mir, pervers, in aller Stille und mit dem Versuch
der Selbstfindung Kork von den Bäumen zu schälen,
wenn wenige Flugstunden entfernt das Inferno Realität
wird.

Warum schreit man nicht vor Entsetzen und schlägt
um sich?

18. Juni

Kam absichtlich spät abends nach Hause, um Oberhofer
nicht zu treffen, lief ihm aber auf dem Korridor in die
Arme, wo er sich gerade von einem Genossen verabschiedete, der mit einer Delegation in der DDR war. Er erzählte, daß er dort Studenten, *Kommunisten* wie er, gefragt habe, warum sie beim Einfall Chinas in Vietnam
nicht sofort auf die Straße gerannt seien, um dagegen zu
protestieren. Die Antwort: Man habe das erwogen, aber
doch erst auf die Ausgabe der dafür notwendigen Winke-
elemente warten müssen. Damit sind jene Fähnchen ge-
meint, die man bei feierlichen Anlässen in der Luft
schwenkt.

Sie fragten, wie mir Berlin gefallen habe. Ich sagte, ich

hätte mich dort wohl gefühlt und sei doch entmutigt zurückgekommen. Nicht etwa, weil ich den Wohlstandsflitter vermißt hätte, das hätte ich eher als wohltuend empfunden, sondern weil ich die Leute, die ich getroffen habe, gedrückt fand, in einer unlustigen Stimmung, in einer wurschtigen Haltung, mit der Vorliebe, das Glück im kleinsten Kreis zu suchen.

Da begannen beide auf mich einzureden, als sei der Heilige Geist über sie ausgeschüttet worden, und sie versuchten mir hier, zwischen Tür und Angel, auszureden, was sie zuvor selbst festgestellt hatten, aber so, als müßten sie sich selbst etwas beweisen.

Als könnte man eine Erfahrung logisch widerlegen.

19. Juni
Es klingelte. Vor der Tür stand er, Heinrich. Er redete sogleich mit einer aufgesetzten Munterkeit los: Er sei zufällig in München, geschäftlich, überraschend sei das gekommen, darum habe er sich nicht telefonisch anmelden können, er sei nur auf einen Sprung vorbeigekommen. Er kam herein, völlig durchnäßt, das Haar hing ihm strähnig ins Gesicht und die Kopfhaut schimmerte hell durch. (Das ist also der Grund, warum mir in Berlin sein so übertrieben sorgfältig gekämmtes Haar auffiel: Er bekommt eine Glatze.) Schön wohnt ihr hier, sagte er und hatte sich wohl vorgenommen, ganz vertraut und bekannt zu tun, was aber nur seine kaum unterdrückte Aufregung sichtbar machte. Er zog den Trenchcoat aus und streckte ihn mir entgegen, am besten in die Badewanne hängen, sagte er. Ich trug den Mantel gehorsam ins Bad und hatte plötzlich den Verdacht, daß sie sich mit ihm hier verab-

redet haben könnte. Ich bildete mir ein, daß es im nächsten Augenblick klingeln müßte (hatte sie einen Wohnungsschlüssel mitgenommen?) und sie hereinkäme, um mir zu eröffnen, wie sie sich die Zukunft (worin ich nicht sein würde) vorstellt.

Als ich zurückkam, stand er in meinem Zimmer vor dem Bücherbord und sah sich die Titel an. Dann nahm er gedankenverloren die auf dem Tisch liegende Plattenhülle der *Johannes-Passion* und horchte plötzlich aufmerksam auf, als draußen Anna auf hohen Absätzen über den Korridor ging.

Er fragte, ob ich inzwischen etwas von Karin gehört hätte. Seit damals, seit sie weggefahren ist aus Berlin, habe ich nichts mehr von ihr gehört, sagte er, nichts. Ich weiß nicht mal, ob sie wirklich nach Rom gefahren ist. Und wieder lauschte er mit einer unbeherrschten Neugierde im Gesicht nach draußen, wo Anna redete.

Ich sagte, das ist Anna, die hier wohnt.

Ach so, sagte er, und auf die Frage, ob er etwas trinken wolle, schüttelte er nur den Kopf.

Ich sagte, ich hätte nichts von ihr gehört, hätte das aber, da ich sie kenne, auch nicht erwartet.

Wie er dastand, durchgeregnet, mildhaarig, in Händen die Plattenhülle der *Johannes-Passion,* war ich fast soweit, ihn zu trösten und zu sagen, man müsse Karin jetzt einfach Zeit lassen. Er war gekommen, das wurde deutlich, um sich selbst zu überzeugen, daß sie inzwischen nicht hierher zurückgekommen war. Er sagte, die Zeit in Berlin sei fürchterlich gewesen, die letzten Tage, diese Ungewißheit, die ekelhaften Zweifel, plötzlich gibt es keine Gemeinheit, die man dem anderen nicht zutraut.

Einen Augenblick schien es, daß er weinen wollte, und darum fragte ich ihn schnell, was er denn hier in M. mache. Er erzählte von einer Ausschreibung für ein Seniorenheim am Starnberger See, an der er sich beteiligen wolle, aber er erzählte das teilnahmslos und in eigentümlichen, nicht nachvollziehbaren gedanklichen Sprüngen. Zwischendurch fragte er unvermittelt, als erinnere er sich plötzlich wieder an mich: Was ich denn so mache. Taxifahren. Ach ja, sagte er, richtig.

Draußen drückte der Regen gegen die Scheibe.

Was für ein Wetter, sagte er in das Schweigen und bat dann um ein Glas Wasser.

Ich holte ihm das Glas. Als ich zurückkam, steckte er mit einem schnellen Griff etwas in die Jackentasche. Schritte auf dem Korridor ließen ihn wieder aufhorchen. Er öffnete die Hand, in der drei weiße Tabletten lagen, schluckte sie einzeln, jedesmal mit etwas Wasser und dabei würgend den Kopf zur Decke erhoben. Ich starrte ihn an und glaubte, er würde gleich umfallen und sich in Krämpfen auf dem Boden wälzen. Aber dann gab er mir das Wasserglas zurück und sagte, er habe seit seiner Ankunft in München Kopfschmerzen, ob das am Föhn liege.

Nein, Föhn sei heute nicht, bei diesem Dauerregen, aber das Münchner Klima sei für Wetterfühlige nur schwer erträglich.

Ja, sagte er, Karin habe ihm das auch gesagt, und Karin leide offenbar auch unter Föhn. Er sah mich mißtrauisch an.

Manchmal, sagte ich, das hängt davon ab, wann der Föhn einsetzt. Wenn er schon am frühen Morgen einsetzt, fühlt sie sich schwach, hat Kopfschmerzen und kann sich nicht konzentrieren. Setzt er aber erst am Nachmittag ein, wirkt er sonderbarerweise auf sie belebend. Sie fühlt sich dann beschwipst, wie sie selbst sagt.

Ach so, sagte er und starrte auf das riesige Plakat, das lebensgroß den Regisseur Eisenstein hinter einer Kamera zeigt. Weißt du, sagte er, in der Betrachtung des Fotoplakats versunken, ich liebe sie.

Einen Moment spürte ich das Bedürfnis, mich nach vorn zu drängen und zu sagen: Ich auch. Aber ich sah ihn dasitzen, in seiner beigen Kordhose, die Hosenbeine unten lappig und dunkelfeucht, die sportlichen Wildlederstiefel durchweicht. In der Luft war der Geruch nach feuchter Kleidung. Ich schwieg, drehte mit dem Finger eine kleine Muschel aus Mondstein auf dem Schreibtisch hin und her. Ich hätte ihm sagen können: diese Muschel hat sie mir geschenkt in Florenz, als wir nach zwei Tagen erstmals wieder unser Hotelzimmer verließen und betrunken vom Sonnenlicht unter einem abgrundtiefblauen Himmel durch die Stadt gingen. Damals überlegten wir, ob wir nach Rom fahren sollten, verschoben es dann aber auf später.

Er starrte noch immer auf das Plakat. Das Schweigen hatte nichts Peinigendes. Draußen hörte man das Lachen Annas, und wieder blickte er hoch und zur Tür, obwohl Annas Lachen keine Ähnlichkeit mit ihrem Lachen hat.

Ich fragte, ob er etwas essen wolle.

Nein, sagte er, er müsse gleich gehen, um seine Maschine noch zu bekommen.

Aber er machte keine Anstalten aufzustehen, und ich spürte, daß er etwas fragen wollte, die Zigarette, die er sich aus der Packung gezogen hatte, drehte er wie vergessen zwischen den Fingern. Ich nahm mir vor, ohne Begründung nein zu sagen, falls er mich darum bitten sollte, ihm ihr Zimmer zu zeigen. Schließlich rauchte er die Zigarette an und starrte auf die Glut.

Weißt du, sagte er, aber dann redete er nicht weiter.

Vielleicht hoffte er, daß ich ihn fragen würde: Was? Dann drückte er mit einer kurzen Bewegung die halbgerauchte Zigarette im Aschenbecher aus (was mich an ihn in Berlin erinnerte) und stand schnell auf. Er bat mich, ihm ein Taxi zu bestellen, und während ich telefonierte, holte er sich seinen nassen Trenchcoat aus dem Bad. In der offenen Wohnungstür sagte er: Lebe wohl und umarmte mich.

Plötzlich liefen mir die Tränen aus den Augen. Ich ging in ihr Zimmer, warf mich auf ihr Bett. Was für ein Wirrwarr.

20. Juni

Schon auf dem Weg zum Wagen war mir, als zöge sich der Himmel über mir zurück, und lächerlicherweise hatte ich dabei immer meine Nase im Blick. Ich habe bisher nie bemerkt, wie weit sie in mein Blickfeld ragt. Es war mir unmöglich, mit dieser Beeinträchtigung einen Wagen zu steuern.

Rief W. an und sagte, ich könne wegen Unpäßlichkeit nicht kommen. Er war erstmals ziemlich sauer, sagte, ich solle nicht so viel saufen, und hängte ein.

Nahm Valium.

21. *Juni*

Bekam heute eine Fahrt nach Starnberg. Ein junges Ehepaar, das aus dem Flughafen kam, beide schön, beide tiefbraun, sie im langen, vorn weit geöffneten Seidenkleid, er in ausgewaschenen Jeans, weißem Hemd, darüber ein enges teures Jackett in Schwarz. Sie stritten sich schon, als sie kamen, sie stritten sich, während ich die geschmeidigen Lederkoffer verstaute, und stritten sich im Fond, als sei ich nicht da. Sie kamen, wie ich dem Streit entnahm, von den Bahamas. Der Grund des Streits war nicht auszumachen, aber sie sagten sich in einer höflichen Form jede nur denkbare Gemeinheit: Frigidität, Angeber, Besserwisser, Versager, Spießer, frustrierte Ziege. Sie stritten sich während der ganzen Fahrt. Er ließ vor einer großen Villa halten, und während er zahlte, lächelten sich beide an, aber ich sah, wie sie ihm die rotlackierten Lanzen ihrer Fingernägel in den gebräunten Unterarm bohrte. Sein Lächeln blieb wie erstarrt im Gesicht zurück. Nett, wie Sie uns gefahren haben, sagte sie und legte mir die Hand auf die Schulter. Beim Aussteigen stieß er ihr wie zufällig mit dem Ellenbogen in die Seite, und als sie sich in den Wagen beugte (aus dem weit geöffneten Kleid hing tiefgebräunt eine Brust), um ihre Handtasche herauszuziehen, trat er ihr gegen die Ferse. Sie tat, als müßte sie an den zierlichen silbernen Slingpumps einen Riemen richten, massierte sich aber die Fessel. Als ich abfuhr, winkten mir beide lachend zu, während eine Wirtschafterin die Koffer hineintrug. Er hatte mir zehn Mark Trinkgeld gegeben. Trotz dieser Fahrt blieb ich weit unter dem Schnitt.

W. äußerte beim Abrechnen den Verdacht, daß ich nicht lange genug fahre.

Übelkeit und ein quälendes Drücken im Magen.

Rief abends L. an und fragte ihn nach einem Job.

Er sagte, beim *Playboy* sei momentan nichts zu holen, allenfalls könne man Witze schreiben, die, wenn sie genommen würden, 50 Mark brächten. Ich sagte, das komme für mich nicht in Frage, da ich Witze nicht einmal behalten könne.

L. überlegte und sagte, er wisse von einem Verlag, der einen Assistenten für den Pressechef suche. Ein Job mit sicherer Aufstiegschance, da der Pressechef schon wieder eine Entziehungskur machen müsse. Auf einem Empfang war er so besoffen gewesen, daß er eine Kellertreppe hinunterstürzte, unten urinierte, sich wieder hinaufschleppte, weitersoff und erst am anderen Tag merkte, daß er sich den Knöchel gebrochen hatte. Der Posten wird bestimmt bald frei. Er gab mir eine Telefonnummer, begann dann aber von seinem Plan zu erzählen, hier alles aufzugeben, um in einer Landkommune zu leben.

Ich sagte, um seine Erzählung abzukürzen, ich hätte von Oberhofer davon gehört, aber das brachte ihn erst recht in Schwung, so verholzt sein wie der Oberhofer wolle er nicht, auch habe er schon seinen Volvo zum Verkauf angeboten, und er schwärmte von dem Bauernhof, den Hügeln, einem Bach, der, wie er sagte, sich mäandernd durch die Wiesen zöge. Schließlich fragte er, ob ich nicht zum Wochenende mit rausfahren wolle, er bringe dann einen Teil seiner Sachen hin.

Ich sagte zu.

Exzerpt
An Friedrich Wilhelm II.
Großmächtigster, Allergnädigster König und Herr,
Ew. Königlichen Majestät erhabenem Thron unterstehe
ich mich, in einem Fall, der für mein ferneres Fortkommen im Vaterlande von der höchsten Wichtigkeit ist, mit
folgender untertänigsten Bitte um allerhöchste Gerechtigkeit, zu nahen. Sr. Exzellenz, der Hr. Staatskanzler,
Freiherr v. Hardenberg, ließen mir, im November vo-
rigen Jahres, bei Gelegenheit eines in dem Journal: das
Abendblatt, enthaltenen Aufsatzes, der das Unglück
hatte, denselben zu mißfallen, durch den damaligen Präsidenten der Polizei, Hr. Gruner, und späterhin noch einmal wiederholentlich durch den Hr. Regierungsrat von
Raumer, die Eröffnung machen, daß man dies Institut
mit Geld unterstützen wolle, wenn ich mich entschließen
könne, dasselbe so, wie es den Interessen der Staatskanzlei gemäß wäre, zu redigieren. Ich, der keine anderen
Interessen, als die Ew. Königlichen Majestät, welche, wie
immer, so auch diesmal, mit denen der Nation völlig
zusammenfielen, berücksichtigte, weigerte mich anfangs,
auf dieses Anerbieten einzugehen; da mir jedoch, in Folge dieser Verweigerung, von seiten der Zensurbehörde
solche Schwierigkeiten in den Weg gelegt wurden, die es
mir ganz unmöglich machten, das Blatt in seinem früheren Geiste fortzuführen, so bequemte ich mich endlich in
diesen Vorschlag: leistete aber in einem ausdrücklichen
Schreiben an den Präsidenten, Hr. Gruner, vom 8. Dez.
v. J. auf die mir angebotene Geldunterstützung ehr-
furchtsvoll Verzicht, und bat mir bloß, zu eigener Entschädigung, wegen beträchtlich dadurch verminderten
Absatzes, der zu erwarten war, die Lieferung offizieller

das Publikum interessierender Beiträge von den Landes-
behörden aus. Von dem Augenblick an, da Sr. Exzellenz
mir dies versprachen, gab das Blatt den ihm eigenen
Charakter von Popularität gänzlich auf; dasselbe trat
unter unmittelbarer Aufsicht der Staatskanzlei, und alle
Aufsätze, welche die Staatsverwaltung und Gesetzge-
bung betrafen, gingen zur Prüfung des Hr. Regierungs-
rates von Raumer. Gleichwohl blieben jene offiziellen
Beiträge, ohne welche, bei so verändertem Geiste, das
Blatt auf keine Weise bestehen konnte, gänzlich aus; und
obschon ich weit entfernt bin, zu behaupten, daß Sr. Exzellenz Absicht war, dies Blatt zugrunde zu richten, so
ist doch gewiß, daß die gänzliche Zugrunderichtung des-
selben, in Folge jener ausbleibenden offiziellen Beiträge,
erfolgte, und daß mir daraus ein Schaden von nicht weniger als 800 Thl. jährlich erwuchs, worauf das Honorar
mit meinem Verleger festgesetzt war. Wenn ich nun
gleich, wie schon erwähnt, anfangs jede Geldunterstützung gehorsamst von mir ablehnte, so war doch nichts
natürlicher, als daß ich jetzt, wegen des Verlustes meines
ganzen Einkommens, wovon ich lebte, bei Sr. Exzellenz
um eine Entschädigung einkam. Aber wie groß war mein
Befremden, zu sehen, daß man jene Verhandlungen mit
der Staatskanzlei, auf welche ich mich berief, als eine
lügenhafte Erfindung von mir behandelte und mir, als
einem Zudringlichen, Unbescheidenen und Überlästigen,
mein Gesuch um Entschädigung gänzlich abschlug!
Sr. Exzellenz haben nun zwar, auf diejenigen Schritte, die
ich deshalb getan, in ihrem späterhin erfolgten Schreiben
vom 18. April d. J., im allgemeinen mein Recht, eine
Entschädigung zu fordern, gnädigst anerkannt; über die
Entschädigung selber aber, die man durch eine Anstel-

lung zu bewirken einige Hoffnung machte, ist, so dringend meine Lage auch solches erfordert, bis diesen Augenblick noch nichts verfügt worden, und ich dadurch schon mehr als einmal dem traurigen Gedanken nahe gebracht worden, mir im Ausland mein Fortkommen suchen zu müssen. Zu Ew. Königlichen Majestät Gerechtigkeit und Gnade flüchte ich mich nun mit der alleruntertänigsten Bitte, Sr. Exzellenz, dem Hr. Staatskanzler aufzugeben, mir eine Anstellung im Zivildienst anweisen zu lassen, oder aber, falls eine solche Stelle nicht unmittelbar, wie sie für meine Verhältnisse paßt, auszumitteln sein sollte, mir wenigstens unmittelbar ein Wartegeld auszusetzen, das, statt jenes besagten Verlusts, als eine Entschädigung gelten kann. Auf diese allerhöchste Gnade glaube ich um so mehr einigen Anspruch machen zu dürfen, da ich durch den Tod der verewigten Königin Majestät, welche meine unvergeßliche Wohltäterin war, eine Pension verloren habe, welche höchstdieselbe mir, zu Begründung einer unabhängigen Existenz und zur Aufmunterung in meinen literarischen Arbeiten, aus ihrer Privatschatulle auszahlen ließ. Der in allertiefsten Unterwerfung und Ehrfurcht ersterbende,

Ew. Königlichen Majestät,
alleruntertänigsten
Heinrich von Kleist

Berlin, den 17. Juni 1811
Maurerstr. Nr. 53

22. Juni

Seit Tagen ist mir, als bleibe mir das Essen in der Speiseröhre stecken. Eine falsche Bewegung, ein tiefes

Durchatmen, und alles würde mir aus dem Mund stürzen.

Eine kleine Mickymaus
zog sich mal die Hosen aus
machte dann den Arsch zu
und raus bist du.

In Kerbels erster Erinnerung stand ein Kaffeetisch in einem durchsonnten Garten (in Mölln?). Der Vater, die Mutter, die Großmutter und andere saßen um den Tisch. Kerbel spielte im Gras, hin und wieder ging er zum Tisch und man fütterte ihn mit Kuchen.

Die nächste Erinnerung: Ein Erdgraben, in den Kerbel gestürzt war und aus dem er nicht wieder herauskam, über sich einen Streifen Himmel, die Wolken, und sein Schreien, bis ihn jemand herauszog.

Warum war ihm so wenig aus seiner frühen Kindheit in Erinnerung geblieben? Und warum war das, was er später erinnerte, meist mit dem Gefühl der Angst verbunden? Angst vor Klassenarbeiten, Angst vor der Frage des Lehrers, Angst, von den anderen ausgelacht zu werden, die Angst, gehänselt zu werden. Kerbel war kein guter Fußballspieler. Der Augenblick, wenn aus der Klasse zwei Mannschaften gebildet wurden, die sich die beiden besten Fußballspieler abwechselnd unter ihren Mitschülern auswählen durften. Dieses quälende Warten. Kerbel glaubte sich von allen angestarrt, höhnisch oder mitleidig. Dann blieb immer noch einer übrig, den man wie einen Wurstzipfel einer Mannschaft draufgab. Die Angst übrigzubleiben.

26. Juni

Ein Fahrgast behauptete am Morgen, daß heute der heißeste Tag im Jahr werde. Fuhr an die Isar und watete mit hochgekrempelten Hosen durch das Wasser. In einer nahe gelegenen Bude holte ich mir Würstchen und Bier und setzte mich in den Schatten. Kinder ließen Steine über das Wasser springen. Ein Mann angelte.

Abends, bei der Abrechnung, fragte mich W., ob ich im Freibad gewesen sei. Es sollte ein Scherz sein, klang aber, vielleicht gegen seine Absicht, wie ein Vorwurf.

Die Insel Felsenburg

Das Gehöft liegt auf einem Hügel, unten im Tal ein Bach, der durch das Dorf U. fließt.

Das Bauernhaus, ein Fachwerkbau, ist fast zweihundert Jahre alt, daneben steht eine Scheune, ein kleines Backhaus und ein verfallener Schuppen.

Als wir auf den Hof fuhren, wurde im Freien getischlert und gestrichen. Fenster und Türen waren ausgehoben und auf Böcke und Tische gelegt worden. Vier Frauen, drei Männer und drei Kinder wohnen hier.

An dem Bauernhof ist nichts Außergewöhnliches. Auffallend war nur, daß so viele Menschen im Freien arbeiteten und bunt gekleidet waren. Einige, darunter auch zwei Frauen, trugen kurze Hosen. L. machte mich mit einem rotbärtigen Mann bekannt, der Klaus hieß, aber Barbarossa genannt wurde. Er hatte vor einem Jahr von einer Erbschaft den Hof und das Land gekauft, das hier, im sogenannten Zonenrandgebiet, billig ist. Seinen Beruf als Rundfunkredakteur hatte er aufgegeben und arbeitet jetzt als freier Journalist.

Susanne, seine neunjährige Tochter, führte mich in den Garten hinter dem Haus. Die Gemüsebeete sind wie ein Blumengarten angelegt: ein kreisförmiges Wurzelbeet, ein Zwiebelbeet in der Form des chinesischen Zeichens Yang und Yin.

Etwas entfernt vom Hof auf einer Anhöhe steht eine Eiche, an deren Stamm eine Holzhütte gebaut ist, und zwar in unsymmetrischer Form, als sei sie mit dem Baum gewachsen.

Unsere Eremitage, hatte Klaus die Hütte genannt, in die sich jeder zurückziehen dürfe, wenn ihn die anderen nervten.

Hinter dem Schuppen lag ein Mann unter einem Traktor und hantierte mit Schraubenschlüsseln. Dabei murmelte er ständig vor sich hin.

Susanne sagte, das ist Herrmann, der repariert den Bauern aus dem Dorf die Autos.

Von unten hörte ich: Scheißsimmering, Scheißsimmering.

Wir gingen zum Erdbeerfeld, dort pflückte Elke, Susannes Mutter, Beeren.

Ich half ihr beim Pflücken. Sie erzählte, daß sie vor einem Jahr ihre Stellung als Lehrerin in B. gekündigt habe, um mit Klaus hier eine Kommune zu gründen.

Am späten Nachmittag versammelten sich alle im Obstgarten. Hier standen Tische und Stühle, wie man sie in Gartenrestaurants findet. Es gab Tee und auf einem Ofenblech frischgebackenen Kirschkuchen. Ich hätte gern Kaffee getrunken, aber den gab es in der Kommune nicht.

Die Mitglieder der Kommune besprachen, in welcher Farbe das Scheunentor gestrichen werden sollte, rot oder grün. Welche Farbe paßt besser in die Landschaft? Man einigte sich schließlich auf ein dunkles Grün.

Danach wurde die Arbeit des kommenden Tages einge-teilt: wer sollte buttern, wer die Eier einsammeln, wer die Schafe zu einer anderen Wiese treiben, wer die Sickergru-be auspumpen. Darüber entwickelte sich eine Diskussion, was man in Zukunft verstärkt betreiben solle, den Anbau von Gemüse und Getreide oder aber die Erweiterung der Tierhaltung. Es bildeten sich sofort zwei Parteien, die oftmals ungeduldig auf die Argumente der anderen Seite reagierten, woraus ich schloß, daß diese Diskussion in der Kommune oft geführt wurde.

Ein dunkelhaariger Mann bestand energisch auf einer Ausweitung der Milchwirtschaft und forderte sogar die Aufzucht von Schlachtvieh.

Ein Mädchen sagte: Tiere darf man nicht ausbeuten.

Aber auch nicht Barbarossa und Herrmann, sagte Franz, ohne ihren Zuverdienst kann die Kommune nicht leben.

Franz ist der einzige in der Kommune, der etwas von Landwirtschaft versteht. Er ist der Sohn eines Bauern aus dem Fersental, einer deutschen Sprachinsel bei Trient. Sein Germanistikstudium hatte er abgebrochen und war mit seinen beiden Freundinnen, Sabine und Helga, hier-hergekommen. Beide Mädchen aber waren strikt gegen jede wirtschaftliche Nutzung von Tieren. Tiere sollten nur für den Eigenbedarf gehalten werden.

Es ist doch wohl absurd, wenn ich als Vegetarierin helfe, Schlachtvieh aufzuziehen.

Franz lachte: Richtig, aber in dieser Gesellschaft ist vieles absurd.

Helga stand auf: Scheißkerl. Sie ging zur Hütte hinauf.

Die Kinder spielten in einem zerbeulten Fiat. Das Quietschen einer Schaukel. Später spielten alle auf der Wiese Fußball. Abends wurde in der Küche Polenta gegessen. Die Wände sind bemalt. Äpfel, Birnen, Kürbisse, Karotten, Pflaumen, Kohl, Sellerie und Kirschen.

Das ist äußerst naturalistisch, aber manchmal in den falschen Farben gemalt. So ist eine Tomate grün und ein Rosenkohl rot. Auf meine Frage nach dem Grund dieser farblichen Verfremdung sagte man, Herrmann habe die Küche ausgemalt. Er sei farbenblind, male aber leidenschaftlich gern. Und warum soll ein Rosenkohl nicht rot sein. Später saßen wir im Gemeinschaftsraum, möbliert mit abgewetzten Ledersesseln und Samtsofas. Der Sperrmüll aus dem Dorf.

L. meinte, damit könnte man einen schwunghaften Antiquitätenhandel treiben, denn lederne Ohrensessel erzielten in M. Spitzenpreise.

Man saß und lag herum, rauchte, trank Johannisbeerwein, strickte, Elke arbeitete am Webrahmen und L. mußte Geschichten aus dem Verlagsgeschäft erzählen, was er mit einiger Komik tat. Am nächsten Morgen um sieben versammelten sich alle trotz des Regens auf der Wiese und machten Übungen nach dem Ai-ko-dai, einem meditativen Kampfsport.

Ich ging auch hinaus und versuchte, auf einem Bein zu stehen. (Mein baumelndes Geschlecht schien mir nur anfangs komisch, dann vergaß ich es.) Ich stieß wie die anderen in einer zeitlupenartigen Bewegung den linken Arm nach vorn und stieg vom linken auf das rechte Bein, um dann mit dem linken Bein langsam einen Halbkreis in der Luft zu schlagen.

Man lernt zwar laufen, sagte Klaus, aber nicht richtig

stehen, darum verwackelt alles, auch innerlich, und man fällt so leicht um. Stell dich mal hin, ganz fest, so fest du nur irgend kannst. Dann ging er um mich herum, als suche er etwas an meinem Körper. Plötzlich gab er mir mit dem Zeigefinger einen leichten Stoß in die Seite, und ich fiel um.

Zum Frühstück gab es Müsli und selbstgebackenes Brot.

Der Gemeinschaftsraum ist in leicht abgestuften Pastelltönen gestrichen, so daß der Eindruck entsteht, die Sonne gehe gerade auf. Draußen aber war es wolkenverhangen, und ein Landregen fiel. L. schlug vor, mittags zu fahren, damit er rechtzeitig in M. sein könne, wo er noch einen Termin habe.

Ich ging hinaus. Elke kam über die Wiese, eingehüllt in einen dicken Wollmantel, die Kapuze über dem Kopf. Sie hatte die Schafe auf eine andere Wiese getrieben.

Ich ging zur Eiche und setzte mich in die Hütte. Der Regen hatte aufgehört. Das Tal, die Hügel, die Wälder lagen ernst und still, kein Vogel, kein Lärm, keine Bewegung, nur Wolken, grau und schwer, zogen langsam am Himmel.

Hätte man mich gefragt, ich wäre geblieben.

28. Juni

Eine Karte von ihr. Aus Rom. Sie schreibt, sie werde Mitte Juli kommen. Sie schreibt vom Wetter, vom Kolosseum, vom Taubendreck, und darunter, an den Rand gequetscht: Bis bald und alles Liebe! Ich las die Karte ohne Überraschung, so als sei sie auf Urlaub gefahren und ich hätte diese Karte, mit eben diesem Wortlaut, erwartet. Ich mußte mir verstandesmäßig die Bedeutung des wirklichen Anlasses bewußt machen. Aber die dann spürbar werdende Beklommenheit rührte von dem Verlassenwerden und nicht so sehr von dem Verlassensein.

2. Juli

Heute habe ich mich beworben. Das Verlagshaus: ein kühner Neubau, dem man ansieht, daß am Material nicht gespart wurde. In den Fluren begegneten mir auf den schrittdämpfenden Teppichen Mädchen, alle schick und alle jung und adrett, als seien sie aus einer Kartei mit Ganzfotos ausgesucht worden. Alle trugen wie auf Verabredung die Kleider und Blusen vorn aufgeknöpft, so daß man bei jeder Bewegung gespannt hinsehen mußte, ohne jedoch tiefer blicken zu können. Diese Offenheit im Verbergen schien wie eine Kleiderordnung des Verlags zu sein.

Von einem Mädchen wurde ich zum Pressechef vor einen kolossalen Teakschreibtisch geführt. Er stand sogleich auf, das Telefon am Ohr, reichte mir über den Tisch die freie Hand und sagte: Wunderbar, was sowohl zu mir als auch in den Telefonhörer gesprochen sein konnte. Er zeigte auf einen Sessel. Hinter ihm, in der Ecke, stand ein aufgerichteter Braunbär, in Menschengröße, die Tatze ausgestreckt, in die wohl früher auf irgendeinem ostelbischen Gut die Visitenkarten gelegt wurden. Jetzt war es, als lege er dem vor ihm sitzenden Pressechef die Tatze begütigend auf die Schulter. Wiemann saß in einem Kippsessel, in dem er sich während des Gesprächs, das sich offenbar auf ein Versäumnis seiner Presseabteilung bezog, beständig hin- und herdrehte, sich nach hinten kippte und wieder aufrichtete. Irgend etwas war da falsch gelaufen, aber nicht hier, sondern in einer anderen Abteilung, irgend jemand hätte etwas bekommen müssen. Daß er nichts bekommen habe, sei genaugenommen unmöglich, es sei denn, er habe es bekommen und sage nur, daß er nichts bekommen habe. Offenbar sprach er mit einem Autor des Hauses, offenbar beschwerte der sich, und schon wieder ließ sich Wiemann nach hinten kippen, dabei blieb sein Gesicht ruhig, nahezu entspannt, feine Gesichtszüge, die aber in Fett zu versacken begannen. Plötzlich sagte er: Gut, bis dann, auf Wiederhören, ließ sich nach vorn kippen und legte auf.

Endlich, sagte er zu mir, das Wichtigste in diesem Beruf sind therapeutische Kenntnisse. Er zog unter seinen Papieren einen Brief hervor, nannte mich mit Namen und sagte, L. habe mich empfohlen.

Ich erzählte, daß ich mit L. zusammen studiert hätte. Sogleich fragte er mißtrauisch, haben Sie promoviert? (L. hatte mir erzählt, daß man ursprünglich jemanden mit einem Doktortitel für den Posten des Pressechefs gesucht habe.) Als er hörte, daß auch ich das Studium abgebrochen hatte, war er zufrieden.

Mit dem Seminardeutsch vergrault man in diesem Job alle, sagte er und ließ sich nach hinten kippen. (Der sitzt ziemlich wackelig, hatte L. gesagt.)

Meine Aufgabe würde es sein, eine kleine monatliche Hauszeitung zu machen, und zwar für die Presse, für den Buchhandel, für Freunde des Hauses. News, verstehen Sie, nette poppige Histörchen über Verlagsmitarbeiter, über Autoren und über deren Frauen. Letztere seien denn auch meist ergiebiger als die Bücher ihrer Männer. Das

Wesentliche der Pressearbeit sei, das Lesefutter möglichst appetitlich anzubieten. Hin und wieder gebe es sogar hier ein Buch, hinter dem man auch persönlich stehe, er jedenfalls, und dann setze er sich auch dafür ein, und zwar voll und ganz. Ansonsten müsse man davon ausgehen, daß hier Papier nach Gewicht umgeschlagen werde. Er drehte sich, nach hinten gekippt, dem Bären zu, der ihm jetzt wie segnend die Pranke über den Kopf hielt. Nach einem Monat könne man dann ja sehen, ob man zusammenkäme, dann werde man mir auch einen richtigen Anstellungsvertrag machen. Er fragte, wann ich anfangen könne.

Ich sagte, sofort.

Wunderbar, sagte er und sprang aus seinem Kippsessel: Also morgen. Jetzt wolle er mich noch schnell dem Verlagsleiter vorstellen. In einem Fahrstuhl ging es sanft, aber schnell nach oben. Die Geschwindigkeit war nur einen Moment als Druck in den Beinen spürbar. Wir stiegen aus und trafen auf den Verlagsleiter, der, wie er sagte, gerade zu einer Besprechung mußte. Wiemann stellte mich vor.

Schön, sagte der Verlagsleiter und fragte, haben Sie promoviert.

Nein, sagte ich.

Aha, sagte er, na ja, wir werden uns dann ja noch sehen.

Wiemann versuchte hastig zu erklären, daß die Beschwerde des Autors W. insofern nicht berechtigt sei, da es sich um ein Versäumnis ...

Der Verlagsleiter sagte, er müsse jetzt gehen. Er gab mir die Hand und bestieg den Fahrstuhl.

Das Wunderkind der Verlagsbranche, sagte Wiemann,

der plötzlich bedrückt schien. Mir waren nur die kolossalen Schuhe an dem sehr jung wirkenden Mann aufgefallen. Sie waren spitz und mit einem geheimnisvollen Mittel auf einen enormen Hochglanz gebracht. Ich ging im Regen zu Fuß nach Hause.

5. Juli

Das Bürofenster geht nach Süden, und jetzt, im Föhn, stehen die Alpen hinter dem Viadukt der Schnellstraße, nah und überdeutlich. Draußen auf dem Gang laufen Menschen vorbei, manchmal bleiben sie vor meiner offenen Tür stehen und reden miteinander. Ich lese Rezensionen auf lobende Stellen durch. Eine Sekretärin brachte mir einen Kaffee, und wir unterhielten uns über den Föhn und über die kahlen Wände meines Zimmers. Ich sagte, wenn ich einen Vertrag bekäme, würde ich Bilder mitbringen und auch einen Kaffeebaum.

Das Gefühl der Geborgenheit, wenn man andere arbeiten sieht und andere einen arbeiten sehen.

Notiz

Das Luftholen: Die exakte Beschreibung meines augenblicklichen Zustands.

6. Juli

Abends.

Oberhofer war da. Es riecht noch immer nach seiner Zigarre. Ich saß vor dem Fernseher, als er hereinkam, und merkte sofort, daß er sich vorgenommen hatte, mit mir zu reden. Er hatte sich sichtlich Zeit genommen. Fing dann auch langsam und umständlich an, seine cubanische Zigarre zu beschneiden und anzurauchen, er sagte, dieses Semester sei endgültig das letzte, in dem er Hochschulpolitik mache. Er müsse jetzt auch mal an sich denken und Examen machen. Und was danach kommt, wird man sehen. Den Abschluß brauche er einfach für seinen psychischen Haushalt. Dann kam er auf die Verfilmung der *Blechtrommel* zu sprechen und über den Film auf die gesellschaftliche Verantwortung des Künstlers und auf das Brachliegen der vielen namenlosen Talente, und von da kam er, wie ich erwartet hatte, zu mir. Er vergaß seine vorsätzliche Gelassenheit und seine Zigarre und redete sich in Hitze. Er sagte, ich solle mich nicht in mein Selbstmitleid verkriechen, nur weil Karin weggegangen sei (mein Gott! er sagte immer wieder: weggegangen), ich solle endlich aus meinem Loch herauskommen, etwas tun, etwas, was meinen Fähigkeiten entspricht, tatsächlich sei die Beziehung zu Karin, er entschuldigte sich, das sagen zu müssen, immer auch eine Krücke für mich gewesen, um über die eigenen Schwierigkeiten wegzukommen, ich sei viel früher aus dem Tritt gekommen, die lustlose Herumstudiererei, dann das Aufgeben des Studiums, das Ziellose, Planlose, eine allgemeine Wurschtigkeit, auch dem eigenen Leben gegenüber. Da kam dir das doch alles sehr gelegen, erst, als du mit ihr zusammen warst, und dann, als sie dich verließ, jetzt brauchst du endlich gar nichts mehr zu tun, jetzt hast du den Vorwand dafür, jetzt leidest du und genießt das auch noch. Er hielt einen Moment inne und kontrollierte seine Wirkung. Da ich schwieg und er glaubte, ich sei am Boden, wollte er mich wieder aufrichten, mir Einsicht und Selbstzutrauen einflößen, redete von meiner Begabung, redete von Plänen, von Möglichkeiten, rief theatralisch: Du mußt raus aus deinem Loch.

Ich sagte, es sei für mich interessant gewesen, wie er das alles als Außenstehender sehe. Nur komme er mit seinen guten Ratschlägen etwas spät, und ich erzählte ihm von meinem Job. Ich genoß diesen Augenblick, der ihn sprachlos machte.

Wir redeten dann noch ganz allgemein über die politische Wichtigkeit, in den Medien zu arbeiten. Die ausgegangene Zigarre in der Hand, stand er auf, und in der Tür sagte ich ihm, daß Karin Mitte des Monats zurückkomme.

Ja, sagte er, man müßte viel mehr miteinander reden.

Was es so schwierig macht, mit Oberhofer über sich selbst oder über ihn zu reden, ist dieses fixe Bescheidwissen und – manchmal – seine Klugscheißerei. Erträglich ist er nur, wenn er sich erregt oder nachdenklich schweigt.

7. Juli
In mir dieser Keimling: Sie kommt zurück und ich bin ein anderer.

8. Juli
Oberhofer ist morgens mit einem Rucksack und in Bundhosen zu einer Bergwanderung gefahren. Aus Annas Zimmer kommt das Gemurmel und Geflüster. Ein Geflüster über mykenische Goldmasken oder über die Trennungsabsichten des Assistenten von seiner Frau. Warum nur dieses idiotische Geflüster?

Ich sitze am Fenster. Von irgendwo weit hinten ist das Schreien eines Kindes zu hören. Die Zigarettenasche auf dem Teller liegt grau und aufgebrochen, dazwischen vier Streichhölzer, abgebrannt. Der Sonntagnachmittag ist nur erträglich an einem großen Kaffeetisch mit Streuselkuchen, Besuch und vielen Kindern.

9. Juli

Läuft man im Verlag über die anthrazitfarbenen Kunststoffteppiche der Flure und gibt jemandem die Hand, entlädt man sich mit einem kleinen elektrischen Schlag. So auch bei Hanna, einer Graphikerin, die – wie ich – zurückschreckte, als wir uns die Hände gaben. Zugleich war in dem Schreck noch etwas anderes, was nicht mit der elektrischen Entladung zusammenhing. Wir sahen uns an und lachten beide etwas zu laut. Sie ging dann schnell weg, als seien wir beide zur Unzeit in etwas hineingeraten.

10. Juli

Heute ertappte ich mich beim Zählen der Tage. Es sind fünf, vielleicht noch sechs Tage bis zu ihrer Rückkehr.

Morgens kam Wiemann in mein Zimmer. Er hatte eine kolossale Fahne. Er ließ sich umständlich auf den zweiten Stuhl nieder und sagte, die Zeitung müsse schon Ende dieser Woche in Satz gehen. Der Termin sei vorgezogen worden. (Später hörte ich von einer Sekretärin, daß Wiemann den Termin verbummelt hatte.) Er versuchte, mich zu beruhigen: Zwölf Seiten sind leicht zu füllen, Zitate und Ausschnitte aus Buchbesprechungen.

Dann schreiben Sie ein paar aufgemotzte Nachrichten, beispielsweise K. hat in Frankreich einen Preis als Romancier erhalten, der Preis ist zwar völlig unbedeutend, aber das weiß hier ja keiner, also schreiben: Der Erfolgsautor K. erhielt den großen Literaturpreis der Stadt Auxerre, schreiben Sie etwas über die Feier und wie der Autor sich bedankt hat. Da muß man ja nicht dabeigewesen sein. Aber der Hauptteil der Zeitung müsse ein Interview mit B. sein, der morgen nach München komme. Kennen Sie B.?

Ich sagte, ich hätte von ihm gehört, aber nichts gelesen.

Ein Bestseller-Autor, sagte Wiemann, der Dukatenesel des Verlags. Literarische Konfektion, aber nicht Woolworth, sondern mehr C & A. Duzt den Kanzler, auch den vorangegangenen. Trägt in seinem Maßanzug die Karte, die ihn als very important person ausweist. Mit Villen in Italien, Oberbayern und auf Sylt. Fährt einen Mercedes und einen Jaguar, schreibt aber für den einfachen Mann auf der Straße.

Wiemann ging raus und kam mit einer angebrochenen Flasche Whisky und zwei Gläsern zurück.

Er erzählte, wie er früher als Journalist für den Rundfunk gearbeitet habe. Damals habe er solchen Typen wie B. noch in den Arsch treten können, heute sei er es, der den Hintern hinhalten müsse. Nachts lese er Arno Schmidts *Zettels Traum,* sonst würde er in dem täglichen Sprachschlamm ertrinken. Er starrte in sein Glas. Über den Flur hörte man das Summen der Fotokopiermaschine. Hin und wieder das Tickern des Fernschreibers. Ich habe mich einkaufen lassen, sagte er.

Er trank schnell und ohne jedes Schmecken.

Er erzählte, wie er als Kind mit seinen Geschwistern

und seiner Mutter aus Pommern geflohen sei. Von Treptow aus seien sie zur Ostsee und dort den Strand entlangmarschiert, Richtung Swinemünde, der letzte offene Fluchtweg. Einmal hätten sie einen russischen Panzer gesehen, den hatten Volkssturmmänner mit der Panzerfaust abgeschossen. Im Turmluk hing ein verbrannter Russe. Überall waren Schneeverwehungen. Er sagte, es sei unbeschreiblich kalt gewesen. Auf dem Rücken habe er einen kleinen Rucksack getragen, darin war etwas Brot und sein Lieblingsteddy Bingo. Unvermittelt begann Wiemann zu weinen, sagte, ich solle lieber stempeln gehen, als mich hier zu verkaufen. Er sei zwar blau, aber der Rat sei gerade darum ehrlich.

Ich versuchte ihm zu erklären, daß ich mit einem abgebrochenen Studium keinen Anspruch auf Arbeitslosenunterstützung hätte, da rutschte er langsam vom Stuhl auf den Boden. Ich ging zu seiner Sekretärin und fragte, was ich mit dem Mann in meinem Zimmer machen solle. Gemeinsam brachten wir ihn in sein Büro und legten ihn dort auf die Couch. Er sagte immer wieder: Ich laß mich doch nicht von jedem in den Arsch ficken.

Seine Sekretärin zog ihm die Schuhe aus, stellte das Telefon um und sagte beim Hinausgehen, bis morgen mittag hat er jetzt wieder Besprechungen außer Haus.

Abends.
In der Küche saßen Anna und ihr Assistent. Als ich hereinkam, begannen sie ihre Eßsachen zusammenzuräumen und der Assistent trug sie in Annas Zimmer. Währenddessen erklärte mir Anna, daß Oberhofer die Pflanzen in der Küche falsch gieße. Er mache ihnen Fußbäder, was schlecht sei. Sie redete betont freundlich. Vermutlich

wollte sie mir zeigen, daß sich ihr Zimmerwechsel nicht gegen mich richte. Er richtet sich aber gegen mich, gegen alle, die hier wohnen. Sie soll endlich ausziehen, entweder zu ihrem Assistenten oder zu ihrem Diplomaten. Natürlich denkt sie nicht daran. Anna ist diejenige, die den größten Nutzen aus dieser Wohngemeinschaft zieht. Sie bietet ihr Schutz und die gewünschte Distanz, so daß der Assistent gezwungen ist, ihr seine Wünsche flüsternd vorzutragen. Aber vielleicht greift er doch noch mal zum Küchenmesser.

Anna fragte mich nach Karin. Sie tat das in dem gleichen Ton, in dem sie über das Blumengießen geredet hatte, mit der dampfenden Teekanne in der Hand.

11. *Juli*

Ich versuche, aus dem Material, das mir Wiemanns Sekretärin gegeben hat, die News, wie sie das nennen, über die Autoren zusammenzustellen. Ich habe eine Überschrift gefunden: Was sie schreiben, was sie treiben. Wiemann sagte: Ganz gut. Erzählte jedem davon, der zu ihm kam, aber so, als hätte er sie selbst gefunden.

Ich lese von Festen, Auflagehöhen und Auslandsreisen. (Es ist erstaunlich, wie reisefreudig Schriftsteller sind.)

Die Klimaanlage ist eingeschaltet worden. Ich merke es daran, daß mir die Nasenschleimhaut trocken wird. Manchmal sehe ich draußen einen Vogel vorbeifliegen. Fotos von B. zeigen ihn in einem sorgfältig zerknitterten Staubmantel vor seinem Jaguar. Ein anderes Mal mit Pfeife, im Hintergrund windschiefe Pinien. Ich lese, was er anläßlich einer Befragung über sich geschrieben hat. Neben den fotokopierten Presseausschnitten meine Kaffee-tasse von gestern. Der Kaffee ist zu einem braunen Satz getrocknet, Risse und Sprünge, kleine, an den Rändern hochgebogene Schollen, wie trockener Lehmboden. Ne-ben der Tasse, auf dem schon wieder vollen Aschenbe-cher, die qualmende Zigarette. Und daneben die beiden Whiskygläser von gestern. Vor mir dieser Wortschutt. Dieses Gebrabbel, das auf Gebrabbel verweist, aber nicht mehr auf Dinge.

Nachts.
Sie hat aus Rom angerufen. Sie kommt am Zwanzigsten. Sie sagte das einfach so, obwohl das weiß Gott nicht mehr die Mitte des Monats ist. Sie sagte, sie habe mir immer wieder schreiben wollen. Sie sagte, sie habe dabei Mißver-ständnisse befürchtet. Sie sagte, es sei besser, darüber zusammen zu reden. Sie sagte, wir müssen unsere Bezie-hung neu definieren.
    Es war ein freundliches Gespräch, ohne Mißverständ-nisse, aber dieses Wort *neu definieren* ist wie ein Block Eis in meiner Erinnerung. Und je länger ich darüber nachdenke, desto mehr spüre ich die Kälte, die davon ausgeht. Plötzlich ist das, was zwischen uns war (ist), eine Beziehung, und so aufs Wort gebracht fürchterlich ver-nünftig, aber auch ziemlich klein und kalt.

12. Juli
Heute kam der Verlagsleiter, stand plötzlich in meinem Zimmer, im Glanz seiner polierten Schuhe. Er fragte, wie ich mich fühlte, ob ich mich schon eingelebt hätte, redete von dem schwülen Wetter und kam dann auf die Zeitung

zu sprechen, deren enorme Wichtigkeit er hervorhob. (Er versuchte, mich zu motivieren.) In dieser Zeitung muß die Linie des Verlags deutlich werden: pluralistisch, aufgeschlossen, interessant auch für breitere Leserschichten (das letzte, das Entscheidende, der harte ökonomische Kern). Er ging hinaus, und der Raum schien mir plötzlich dunkler.

Nachmittags kam Wiemann, sagte Hallo, sah die beiden Whiskygläser auf meinem Schreibtisch, sagte aber nichts. Er bewegte sich fahrig, und in seinem Gesicht war ein unbeherrscht unruhiger Zug. Er sagte, B. komme erst morgen. Die Setztermine für die Zeitung müßten verschoben werden, auf kommenden Mittwoch, da haben Sie auch noch mehr Zeit. Und mit B. machen Sie kein lammfrommes Interview.

Später hörte ich, daß er auf der Verlagskonferenz einen Anpfiff bekommen habe, seine Abteilung arbeite nicht effektiv.

Zu Hause versuchte ich, ein Buch von B. zu lesen. Aber seine Sprache erzeugte während des Lesens bei mir die Vorstellung von einem eingeweichten Brötchen, das sich, nimmt man es in die Hand, auflöst. Ich schmiß das Buch in die Ecke.

15. Juli (Sonntag)

Ich schreibe von einer Kassette ab, was B.s Stimme spricht. Diese Stimme wird mir zugleich vertrauter und fremder. Was aber während des Interviews durch Pausen, Hüsteln und feierliche Betonungen aus dem Fundus von B.s Selbstdramatisierung so bedeutungsvoll klang, ist jetzt, aufs Papier gebracht, unendlich banal.

Am Freitag hatte ich B. – ein Einfall von Wiemann – vom Flughafen abholen müssen.

B. tat überrascht, als ich ihn ansprach und fragte, woher kennen Sie mich.

Von Fotos.

Ach so, sagte er, als habe er diese Form seines Bekanntseins nie im Blick gehabt.

Während der Fahrt im Taxi – Wiemann hatte entschieden, daß der Mini Cooper für B. zu klein sei – erzählte er mir von seiner gerade beendeten Lesereise auf Island, die er dort im Auftrag des Goethe-Instituts gemacht hatte. Es sei nicht selten, daß schon am Vormittag betrunkene Kinder auf der Straße zu sehen seien. Eigentümlicherweise sei in diesem Land die Selbstmordrate sehr niedrig.

Als ich sagte, der Alkoholismus sei nur eine weniger plötzliche Form der Selbsttötung, kam er schnell auf die Geysire zu sprechen.

Im Verlag warteten der Verlagsleiter und Wiemann auf B. Wiemann roch, machte er den Mund auf, stark nach Pfefferminz.

Der Verlagsleiter bat mich, in meinem Zimmer zu warten, und fragte B., ob er vor dem Interview essen gehen wolle. B. wollte das Interview nach dem Essen machen und sagte, als ich hinausging, aber so, daß ich es noch hören konnte, was für ein sympathischer junger Mann.

Später kam er mit Wiemann zu mir. B. sagte, sich im Büro umsehend, ihm seien die kleinen schlichten Büros am liebsten, in den oberen Etagen werde ihm immer schwarz vor Augen, da stehe zuviel Teak.

Wiemann hatte mir, bevor ich zum Flughafen fuhr,

nochmals eingeschärft, was in dem Interview an B.s Romanen hervorgehoben werden sollte, nämlich gerade das, was die Kritik in Frage stelle: die literarische Qualität.

Ich schaltete das Tonbandgerät ein und stellte B. die Fragen, die nach Wiemanns Meinung unbedingt notwendig waren. Warum schreiben Sie und für wen schreiben Sie.

Fragen, die mir jetzt beim mehrmaligen Anhören in ihrer Dämlichkeit immer peinlicher werden.

B. beantwortet die Fragen ausführlich und ohne nachzudenken. Offenbar war er das schon oft gefragt worden. Er faßt, was er ausführlich erzählt hat, am Schluß nochmals zusammen: Er schreibe für den einfachen Mann auf der Straße. Und dann fügt er hinzu: Um Gottes willen kein literaturwissenschaftliches Interview, eine Unterhaltung, nicht wahr, nichts Feierliches, Steifes. (Wie er das betont!)

Auf Fotos, sage ich, hätte ich gesehen, daß er einen Jaguar fahre.

Ja, sagt er, das stimmt, und fährt fort von der Bedeutung der Literatur zu reden.

Hat der Jaguar eigentlich eine Servo-Lenkung, höre ich meine Stimme. Ja, sagt er, ja natürlich. Wissen Sie, die Literatur ist meiner Meinung nach für alle da. Es gibt darum im Grunde nur eine ästhetische Frage, die der Wirkung.

Und das Fahrgefühl, die Kurvenlage, frage ich und erzähle ihm, daß ich zwei Jahre Taxi gefahren sei.

Die Kurvenlage ist gut, sagt B., ausgezeichnet sogar. Aber auf eines müsse er noch zu sprechen kommen, auf die desolate Situation der literarischen Kritik.

Noch eine Frage, entschuldigen Sie, ich habe gehört, daß es beim Jaguar, wenn man ihn über lange Strecken mit Höchstgeschwindigkeit fährt, immer wieder Motorschäden gebe.

Ja, sagt er, das ist tatsächlich ein Schwachpunkt des Wagens.

Und warum fahren Sie ihn?

Gott, warum. Er gefällt mir, die Form, das Styling, verstehen Sie. Aber um wieder auf die Literatur zu kommen. Eine meiner Thesen ist: Literatur muß unbedingt auch für die breite Masse verständlich sein.

Kann das nicht zu literarischen Simplifizierungen führen, zu Konzessionen an den vorherrschenden Geschmack?

Es kommt erstmals zu einer Pause, und dann sagt er mit einer Stimme, die alles samtig Joviale verloren hat: Nein, wenn man sich einmal dazu entschließen könnte, meine Bücher genau zu lesen, ohne Vorurteile, dann würde man sehen, daß sie äußerst kompliziert sind. Das scheinbar Einfachste kann nämlich durchaus das Komplizierteste sein.

Auch Wiemanns Stimme ist an dieser Stelle zu hören: Literatur geht doch auf den ganzen Menschen. Der Rest ist leider unverständlich.

B. fragte mich dann, was ich denn von der Literatur erwarte. Ich höre mich: Wahrheit.

Sein Lächeln darauf, wie er sich wieder entspannt in den Sessel lehnt. Am Schluß des Gesprächs lädt er mich auf seinen Landsitz in der Toskana ein.

Mit Wiemann fuhr er dann in die Stadt. Irgend etwas wollte er für seine Frau kaufen.

Am Samstag nachmittag rief Wiemann hier an und sagte, das sei herrlich gewesen, wie ich diesen immersatten B. aus der Fassung gebracht hätte.

Ich sagte ihm, daß ich das gar nicht als so schlimm empfunden hätte.

Doch. Doch. B. habe ihn, Wiemann, gebeten, das Interview nochmals durchzulesen, bevor es gedruckt werde.

Notiz
Je weniger du ißt, trinkst, Bücher kaufst, in das Theater, auf den Ball, zum Wirtshaus gehst, denkst, liebst, theoretisierst, singst, machst, fühlst etc., umso mehr sparst, umso größer wird dein Schatz, den weder Motten noch Staub fressen, dein Kapital. Je weniger du bist, je weniger du dein Leben äußerst, umso mehr hast du, umso größer ist dein entäußertes Leben, umso mehr speicherst du auf von deinem entfremdeten Wesen. (Pariser Manuskripte.)

17. Juli
Brachte Wiemann das Manuskript der Verlagszeitung. Er kam wenig später und sagte, schön, sehr schön, er habe das Manuskript in Satz geben lassen.

Ich fragte nach dem Interview mit B.

Er sagte, ganz schön scharf, aber was sein muß, muß sein.

Ich hatte den Eindruck, daß er das Interview überhaupt nicht gelesen hat.

18. Juli

In mir ist Unruhe, die mich immer wieder aufspringen und zum Fenster gehen läßt.

Am späten Nachmittag wurde der Geburtstag einer Sekretärin gefeiert. Alle standen in dem Zimmer und auf dem Gang, Weinflaschen wurden herumgereicht, man redete und rauchte, und es war, als warte man auf etwas. Ich traf Hanna, die Graphikerin wieder, die sagte, sie habe von mir den bislang stärksten elektrischen Schlag bekommen. Wir sprachen darüber, wo wir uns einmal treffen könnten, ohne solchen Entladungen ausgesetzt zu sein. Sie wollte mich für Sonnabend zu einer Grillparty einladen. Ich sagte ihr, daß ich am Freitag Besuch bekäme. An ihrem Hals war das feine Pulsen einer Ader zu sehen. Mir fiel auf, daß die Frauen im Verlag bei weitem überwogen. Langsam lösten sich die Gruppen auf, einige gingen, andere setzten sich und tranken weiter. Hin und wieder klingelte ein Telefon aus einem der dunklen Zimmer. Niemand beachtete es.

Wiemann stand, eine Frau im Arm, die Hand mit der Zigarette wie zum Schwur erhoben über den Kopf gestreckt. Aber wahrscheinlich wollte er nur verhindern, daß dem Mädchen der Rauch in die Augen zog.

Ich lief durch die Nacht nach Hause. Ich ging wie auf Watte und versuchte, nicht auf die Ritzen der Pflastersteine zu treten. Übermorgen würde sie kommen, und ich war noch immer unvorbereitet.

Alle Jahre wieder

Als Kind mußte Kerbel am Heiligabend ein Gedicht aufsagen. An der Wohnzimmertür horchend, hörte er die

Mutter hin- und hergehen. Manchmal raschelte es. Durch den Ritz unter der Tür fiel ein Streifen Licht in den dunklen Flur. Er versuchte sich wieder vorzusagen, was er tagelang gelernt hatte. Jetzt war es weg, das Weihnachtsgedicht. Die Tür öffnete sich, er sah den brennenden Weihnachtsbaum und ging voll Angst in den Raum, in dem sein Vater saß, eine Schildkröte, seine Mutter ein Känguruh, die Schwester auf dem Schoß, und Kerbel stellte sich vor den Baum und begann das Gedicht aufzusagen, blieb aber schon bald hängen und stand da wie verschnürt.

Der Vater bestand auf besonders langen Weihnachtsgedichten. Stockte Kerbel, wartete er und gab ihm dann das Stichwort, worauf Kerbel hastig weitersprach.

26. Juli

Alles klar auf der Andrea Doria. Sie, ich, wir, haben, habe, hat, sich, mich, uns getrennt.

27. Juli

Wiemann hat mehrmals angerufen. Schließlich ist es Oberhofer gelungen, meine Tür aufzusprengen. Ich war immer noch betrunken.

Wiemann ließ ausrichten, ich müsse sofort kommen. Er könne mich nicht länger decken. Die Korrekturen müßten gelesen werden, und zwar sofort.

Ich sagte: Gut. Legte mich wieder ins Bett und schlief bis nachmittags.

Fuhr dann in den Verlag. Am Lift traf ich die Graphi-

kerin, die ins Wochenende ging. Sie fragte, was mit mir
sei, und starrte mich an.

Ich sagte, ich hätte vergessen, mich zu rasieren.

Ich sitze und starre auf das Gelaber von B., das ich in-
und auswendig kenne. Ich bilde mir ein, nach Pisse zu
riechen. Ich lese einen Satz an und schon nach dem dritten Wort fehlt mir der Sinn. Fehler habe ich so gut wie
keine gefunden.

28. Juli

Heute am Samstag ist nur eine Putzfrau in der Etage. Ich
höre ihren Staubsauger. Angstgefühl beim Sitzen. Die
Unmöglichkeit, konzentriert zu lesen. Lief nach Hause.
Stopfte mich mit Valium voll.

29. Juli

Ich sage mir, endlich ist Klarheit geschaffen. Ich habe
mich, das, im Griff.

Sie war baff, als sie ihr Zimmer sah, den Sessel, darauf
ihre Haarbürste und den Unterrock, das zerwühlte Bett,
die Schuhe noch immer dort, wo sie sie sich von den Hak-
ken getreten hatte.

Als ich sie auf dem Bahnsteig im Gewühl entdeckte,
habe ich ganz unbeherrscht Karin gebrüllt. Alles drehte
sich nach mir um. Ich hatte zu Hause vorgekocht: Wolfs-
barschfilet in Fenchelsoße. Der Tisch war gedeckt, der
Wein kaltgestellt. Während des Essens erzählte sie mir,
daß sie einen Entschluß gefaßt habe. Und während ich
glaubte, sie müsse das Hämmern meines Herzens hören,
erzählte sie ernst von ihrer Lebensplanung. Sie wolle

nicht länger als Innenarchitektin den reichen Kretins die Häuser einrichten. Sie wolle Medizin studieren. Sie habe die Nase voll von diesem ganzen geschmäcklerischen Gequatsche.

Ich atmete durch, ich sagte wunderbar, ich sagte, sehr richtig.

Aber dann erklärte sie mir umständlich, daß sie nicht in Deutschland studieren könne, wegen des Numerus clausus, und deshalb nach Zürich gehen müsse. Erst langsam wurde mir klar, daß sie hier ausziehen würde. Nein, sagte sie, sie wolle sich nicht von mir trennen, aber auch nicht von dem anderen.

Sie sagte, sie verstehe, daß das alles für mich besonders schwer sei, aber wir hätten doch immer gesagt ...

Ja, sagte ich, wir haben immer gesagt.

Ich war wie betäubt. Nicht nur, daß sie mit ihm zusammenbleiben wollte, sondern daß sie von hier (von mir) weggehen wollte, daß sie noch mehr für sich sein wollte. Und für mich schien in diesem Lebensplan nur noch am Rand ein Platz zu sein. Ich wollte denken, das alles ist ihr gutes Recht, aber ich dachte, woher nimmt sie dieses Recht.

Später kamen Anna und Oberhofer, und sie erzählte von Rom. Ich verstand nichts, ich hörte sie nur reden und reden, und ich merkte ihr an, wie froh sie war, daß die beiden gekommen waren.

Einmal fragte Oberhofer mich etwas, aber ich verstand nicht und versuchte nur zu lachen, hätte aber beinahe geschluchzt. Es war ein eigentümliches Geräusch, und alle starrten mich an; ich tat, als hätte ich mich am Wein verschluckt.

Wir lagen zusammen, aber ich kam nicht in sie. Ich lag

schweißnaß, zitternd, vor Erregung und Erschöpfung. Sie lag wartend in einer Körperhaltung, die Ungeduld und Verkrampfung erzeugen mußte.

Sie war braun, bis auf ein kleines helles Dreieck um das Schamhaar.

Morgens klingelte das Telefon, und sie sprang ganz gegen ihre frühere Gewohnheit aus dem Bett. Ich schlich zur Tür und lauschte mit einem Gefühl des Selbstekels. Sie sprach mit ihm.

Als sie zu mir ins Bett zurückkam, waren wir beide kalt, aber sie bemerkte es nicht. Ich fragte nach ihm, und sie erzählte, daß sie ihn vorgestern in Verona getroffen habe, er sei ihr entgegengereist.

Ich sprang auf. Ich brüllte. Ich fegte ihre Sachen vom Tisch. Ich rannte hinaus, zog mich an und lief durch die Straßen. Und dieser Gedanke war im Kopf wie festgeschraubt: Ich bin nur die zweite Wahl. In ihr treffe ich womöglich noch auf seine Reste. Der Gedanke war ekelhaft, der Gedanke, wie ich mir später eingestand, nicht der Sachverhalt.

Ich lief zurück und wollte mich entschuldigen. Sie war angezogen und dabei, sich die Wimpern zu tuschen.

Sie sagte, ohne mich anzusehen: Sie lasse sich das alles nicht mehr bieten. Kindereien, sagte sie, fröhliche Rücksichtslosigkeit, Eitelkeit.

Ich sagte, wer ist hier rücksichtslos, und beschimpfte sie. Sie holte sich eine Zigarette und sagte: Komm laß uns Inventur machen.

Da habe ich nach ihr getreten, ich habe nach ihr geschlagen.

30. *Juli*

Ein Großteil meiner Kraft wird davon verbraucht, daß ich mich zwingen muß, ruhig zu sitzen.

31. *Juli*

Wiemann kam ins Zimmer, sagte: Sie sehen schlecht aus, Sie haben so etwas Fiebriges, was ist Ihnen (er gebrauchte netterweise diese altertümliche Frageform), sind Sie krank. Ich sagte: Nein.

Aber ja, ich bin krank.

Briefentwurf (ohne Datum)

Liebe K.

ich komme grade aus dem Verlag, wo ich herumsitze und Rezensionen ausschneide. Eine stumpfsinnige Arbeit, die mir aber Zeit läßt, über uns nachzudenken, vor allem über mich. Manchmal ist mir, als könnte ich Dir (und mir) meinen Zustand erklären und ihn wirklich verstehbar machen. Aber dann, bei dem Versuch, das in Worte zu fassen, erscheint mir der Vorrat an Sprachformeln ungenügend und ungenau zu sein. Ich will das gar nicht auf die Begrenztheit der Sprache schieben, sondern glaube, es liegt daran, daß in mir alles so trübe ineinanderfließt und so ungeschieden ist. Das Quälende aber ist, daß ich durchaus die Mechanismen kenne, die zu dem führen, was man ausflippen nennt, aber deshalb den Vorgang nicht abstellen kann. Da ist ein Zwang, ganz abgelöst von all dem, was man weiß (oder zu wissen glaubt) und was man, aufgrund von Einsicht, will. Aber was ist dieses

Wollen? Und wie kann man das Zwanghafte auflösen/ kontrollierbar machen? Du sagst, wenn man gegen besse- re Einsicht etwas tut, hat man es eben noch nicht richtig (als das Bessere) eingesehen. (Wirklich?) Wir haben am Ammersee einmal über Heinrich gesprochen, und da war, wie Du mir von seinen Schwierigkeiten, seinen Proble- men, aber auch von seinen Vorlieben erzählt hast, plötz- lich nichts mehr von Mißgunst und Beklemmung in mir. Ich hatte einen Moment die deutliche Empfindung, daß es möglich ist, zu dritt zusammenzuleben, und daß Zu- neigung nicht für immer als unteilbar gefühlt werden muß: Im Gegenteil, als Vielfalt und Bereicherung unseres Selbst. Wenn es mir nur gelänge, den tief in mir sitzenden emotionalen Geiz zu überwinden, der doch nur einem sehr allgemeinen Mangel entspringt, an Zärtlichkeit, an Liebe, an Fürsorge, ja an Für-Sorge. Später, an dem Hang bei Inning, hab ich Dich beobachtet, wie Du neben mir im Gras gelegen hast, entspannt, die Augen geschlossen, da schoß es mir durch den Kopf: Jetzt denkt sie an ihn, und in mir krampfte sich wieder alles zusammen. Ich sagte mir, sie kann ohne Dich sein und wahrscheinlich auch ohne ihn. Sie ist auf eine verletzende Weise für sich und bei sich. Ich hätte schreien können. Nicht vor Eifer- sucht, das ist vorbei, vor Verlassenheit, eine Verlassenheit ohne jede männliche Rancune. (Glaube ich!) Oberhofer, der sich in rührender Weise um mich kümmert (er will mich aufrichten), hat recht, wenn er sagt, daß mich Dein Fortgehen (so will ich das mal nennen) umgeworfen hat, kann nur heißen, daß ich zuvor wackelig gestanden habe. Und ich bin fast sicher, daß unsere Trennung für mich wichtiger ist als für Dich, nur daß Du eben schon weißt, was Du willst. (Was Du auch schon davor gewußt hast,

auch weil Du mit der Einrichterei unzufrieden warst.)
Mir geht jetzt manchmal durch den Kopf, ob ich nicht
noch einmal ganz von vorn anfangen sollte, ob ich nicht
eine Tischlerlehre machen sollte, und zwar dort, wo auch
heute noch Tische und Stühle von Hand hergestellt werden. Als Junge habe ich oft in einer auf dem Hinterhof
gelegenen Tischlerei zugeschaut, wie dort gehobelt und
gesägt wurde, der Geruch nach Leim und Holzbeize. Ich
habe in der letzten Zeit einen körperlichen Widerwillen
gegen Kunststoff, die Berührung von Plastikschüsseln
ekelt mich.

Natürlich riecht das, wie Du sagen würdest, nach
Kompost. Aber ich kann meine Wünsche nur verschwei-
gen, nicht abtöten.

Im Verlag warte ich auf die Zeitung, die Ende der
Woche gedruckt vorliegen soll. Ich bin gespannt auf die
Reaktion hier. Wiemann hat sich ja schon lobend geäu-
ßert, wobei ich zweifle, ob er das Manuskript überhaupt
ganz gelesen hat.

Nachmittags, bei gutem Wetter, gehe ich zu Fuß nach
Hause. Am Eisbach liegen die Nackten in der Sonne.
Gestern habe ich mich dazugesetzt. Verschwitzt begann
ich mich langsam auszuziehen, bis ich plötzlich – vor ein
paar Jahren noch kaum vorstellbar – nackt im Englischen
Garten lag. Eine Gruppe schwarzer Amerikaner sang,
zwei begleiteten sie mit Bongos, einer mit einer Ratsche.
Auf der Wiese spielten Kinder Ball. Ein Mädchen trieb
auf einer Luftmatratze den Bach hinunter. Vor mir lag
eine nackte Frau und strickte an dem Ärmel eines Pull-
overs. Ich mußte immer wieder grinsen und hinüber-
sehen. Ich war auch im Bach, der seinen Namen zu Recht
trägt. Ich schwamm am Ufer entlang, die Büsche, die

Weiden, die am Ufer sitzenden Menschen zogen so schnell vorbei. Ich hätte noch lange weiterschwimmen mögen. Aber man kühlt schnell aus. Später kamen zwei Bullen, die Colts und die Handschellen an der Seite, aber die Hemdsärmel leger aufgekrempelt. Sie forderten alle auf, sich anzuziehen. Jemand habe sich beschwert. Die beiden blieben bei den Mädchen stehen und kontrollierten, ob sie auch alles gut verpackten. Bis jemand von der anderen Bachseite die Polizisten naßspritzte. Und da immer mehr Nackte aufstanden und auf sie zukamen und lachten, lachten sie schließlich zögernd mit und sagten, sie könnten zu zweit ja nicht alle zwingen, die Höschen anzuziehen. So zogen sie ab. Dein Gefühl für Nacktheit.

Ich versuche immer wieder, mich zu erinnern, was mir an Dir als erstes aufgefallen ist. Ich glaube, daß Du damals auf der Party von Köhlers mit über der Brust verschränkten Armen herumgegangen bist, als sei Dir kalt. Tatsächlich aber waren die Zimmer überheizt und fast alle hatten sich Jacken oder Pullover ausgezogen und standen in Hemden und Blusen herum.

Deine Angewohnheit, mit leicht gesenktem Kopf zuzuhören.

Es gibt Gesten, kleine unbedeutende Bewegungen, von denen wir glauben, sie seien nur für uns, dabei sind sie ganz zufällig und meist irgendwann von anderen übernommen.

Dein Satz (damals): Die Freude, sich dem Neuen auszuliefern.

Heute erzählte mir Anna, wie sie Dich kennengelernt hat.

2. August

Durch mein Bürofenster beobachtete ich eine rote Rangierlok. Sie fuhr eilig hin und her, Waggons mal hierhin und mal dorthin schiebend, und machte den Eindruck geschäftiger Sinnlosigkeit. Als ich später wieder hinsah, konnte ich erkennen, wie da langsam zwei Güterzüge zusammenwuchsen.

3. August

Meine Fingernägel werden brüchig. Man sagt mir, daß das von der Klimaanlage komme. Die Luft trockne aus. Angeblich sollen darauf auch die häufigen Erkältungskrankheiten zurückzuführen sein, die hier alle plagen. Die Geschäftsleitung hat einen Luftbefeuchter bestellt.

Ich höre im Hintergrund das Rauschen der Fotokopiermaschine, hin und wieder Lachen, das bringt mich immer wieder zu mir selbst.

Nachmittags kam Hanna, die Graphikerin, mit zwei Tassen Kaffee. Sie erzählte mir von ihrer Tochter, die gerade in den Kindergarten gekommen ist. Vor einem Jahr hat sie sich von ihrem Mann scheiden lassen. Zuletzt seien sogar die Pöbeleien langweilig geworden. Lange Zeit habe sie nicht den Mut gehabt, sich zu trennen. Und dann habe es fast ein Jahr gedauert, bis sie sich wieder selbst fand, das heißt: gern mit sich und ihrer Tochter allein lebt.

Kann das ein wünschenswertes Ziel sein, allein zu leben. Sollte man nicht lernen, gemeinsam zu leben. Beziehungen zu entwickeln, die nicht allein auf den/die einzigen/einzige ausgerichtet sind, sondern auf mehrere gleichzeitig, die aber dennoch nichts Flüchtiges haben dürften.

Denkt sie nach, erinnert sie mich an Karin, sie vergißt das Rauchen, und in ihrem Gesicht ist eine angespannte Ruhe.

5. August (Sonntag)
Versuche zu lesen, kann mich aber nicht konzentrieren. Eine Unruhe, die mich bei jedem Motorgeräusch ans Fenster treibt. Ich versuche, die unterschiedlichen Autotypen an den Fahrgeräuschen zu erkennen.

Im Fernsehen: *Krieg und Frieden.* Die russische Seele zu Pferde und im Hubschrauber (immer wieder die Totale von oben, aus den Wolken, auf Borodino).

6. August
Die Zeitung wird eingestampft.

Romberg, der Verlagsleiter, ließ mich vormittags zu sich ins Büro rufen. Wiemann stand da, als müßte er nach Luft ringen.

Der Verlagsleiter fragte, ob ich Korrektur gelesen hätte.

Ja.

Darauf er: Dann müssen Sie erst mal richtig Deutsch lernen. Ich war verdattert und sprachlos. Er brüllte regelrecht. Er sagte, und das mehr zu Wiemann als zu mir, der Verlag brauche qualifizierte Leute und keine Sozialfälle. Dieses Unternehmen sei kein Wohlfahrtsverein. Ich solle meine Sachen packen und verschwinden. Am besten, Sie verschwinden sofort. Ihre Sachen lassen wir Ihnen nachschicken. Er lasse sich und seine Autoren doch nicht durch den Kakao ziehen.

Ich hatte mir, während er pöbelte, die Sonnenbrille aus der Jackentasche gezogen und aufgesetzt.

Irritiert hielt er inne, wahrscheinlich befürchtete er, daß ich gleich zu heulen anfinge. Er fragte, was haben Sie?

Ich zeigte auf seine Schuhe und sagte: Ihre Schuhe blenden so.

Ich bin dann – später glaubte Oberhofer, das sei eine Übertreibung – pfeifend aus seinem Büro hinaus und, an den staunenden Sekretärinnen vorbei, zum Fahrstuhl gegangen.

Ich ging zu Fuß nach Hause und fühlte mich so gut und so wohl wie seit Wochen nicht mehr.

Abends rief Hanna an und erzählte, der ganze Verlag habe über die Geschichte mit der Sonnenbrille gelacht. Ich wollte mich mit ihr zum Essen verabreden, aber sie hatte eine Verabredung, leider, wie sie zweimal sagte.

Im *Alten Ofen* imitierte jemand Strauß und Willy Brandt. Ete, promovierter Theaterwissenschaftler, der die Biere auf die Tische stellt, sagte immer wieder: Mensch, das ist ja eine Nummer, damit könnte der glatt sein Geld verdienen.

Auf dem Weg nach Hause hatte ich den Wunsch, die Arme auszubreiten, schneller zu gehen, zu laufen. So rannte ich durch den Englischen Garten, nicht aus Angst, aus Freude.

7. August

In der Zeitung wimmelt es von Fehlern. Ich las das mit einer sich langsam vergrößernden Scham. War das fehlende Übung oder Benommenheit? Teilweise hat das komische Züge. Und bei einem Fehler mußte ich so laut lachen, daß im Café alles zu mir her sah. Der Verlagsleiter wurde mehrmals als Verlagsreiter tituliert. Da ihm der Ruf nachgeht, nach Möglichkeit kein Schamhaar ungebürstet zu lassen, verstehe ich seinen tiefen persönlichen Groll.

8. August
Die neue Stereoanlage hat alles Geld verschlungen, sogar 200 Mark von Oberhofer, aber was für ein Klang!

10. August
Was ich W. hoch anrechne: Er ist nicht nachtragend. Er sagte, gut, du kannst fahren, aber regelmäßig, und wenn du ausflippst, ruf mich vorher an, damit ich eine Vertretung besorgen kann.

12. August
Las, daß New York neben der üblichen Rattenplage jetzt auch noch von einer Wanzeninvasion heimgesucht wurde. Die Amerikaner trugen das, wenn man dem Bericht glauben durfte, gelassen. Man hat sich auch mit dieser neuen Katastrophe abgefunden und trägt DDT und Ungeziefersprays wie Lippenstift oder Feuerzeuge bei sich. Auf rätselhafte Weise dringen die Wanzen bis in die höchsten Chef-Etagen der Wolkenkratzer vor, und Mutanten scheinen inzwischen sogar im Kunststoff heimisch geworden zu sein.

13. August

Fuhr zwölf Stunden und kam auf 186 Mark.

Zu Hause ein Brief von ihr mit der Bitte, ihr die nachfolgend aufgeführten Sachen an die Adresse ihrer Mutter zu schicken. Einige Bücher, zwei Kleider, alle Blusen, die beiden Röcke, die Fotoalben. Erst jetzt wird mir klar, daß sie bei ihrer Abfahrt offenbar alle Briefe mitgenommen haben muß.

Ich ging erstmals wieder in ihr Zimmer. Sie hat, bevor sie fuhr, alles aufgeräumt. Aber das Papyrusschilf ist vertrocknet, und auch die giftiggrünen Blätter der Kletterpflanze hängen gelb und verwelkt von dem Bambusstab. Ich saß und blätterte in ihrem Album. Die Fotografien lagen lose zwischen den Albumblättern. Sie als Kind, nackt, im Sand spielend. Das große Foto einer Schulklasse. Ich suche sie zwischen anderen Jungen und Mädchen. Sie sitzt mit gefalteten Händen am Tisch und grinst in die Kamera. Sie wird vierzehn, vielleicht fünfzehn gewesen sein. Wir. Am Chiemsee. In Bamberg. Beim Skilaufen in Seefeld. Vor der Haustür. Wir: auf einem gemauerten Brunnenrand, im Hintergrund die Gipfel der Sellagruppe in einer dicken Wolke. Sie hält zwischen ihren Knien mit beiden Händen meine Hand. Auf meinem Kopf ein Kranz Wiesenblumen, den sie mir geflochten hat. Dem Dichter und Filmer. Wir kannten uns gerade zwei Wochen und waren mit Freunden nach Kastelruth auf eine Hütte gefahren. Nachts lagen wir zu sechst in einem Raum. Es war dunkel, aber man hörte das Atmen und Flüstern der anderen Paare. Als sie sich auf mich schob, erschrak ich und flüsterte: die anderen. Das macht doch nichts, sagte sie. Und wirklich. Die Lust an der eingestandenen eigenen Lust.

Notiz
Sanft kommst du im Gewölk der Nacht.

15. August
Fuhr heute einen Besoffenen, der mir erzählte, er könne seine Lieben zu Hause nur noch im betrunkenen Zustand ertragen.

Ohne Datum
Ich verdaue alles zu Stein.

Notiz
Ein Mann, der mit der Knarre rumläuft, verlagert seinen Mittelpunkt zur Waffe hin, da wo du sie trägst, da ist dein Mittelpunkt, und so bewegst du dich, daß du immer aus der Bewegung raus ziehen kannst. Ich kann heute bei jedem Menschen, der vorbeiläuft, sehen, ob er eine Knarre bei sich hat und wo er die hat, weil du siehst, wie er sich bewegt.   *Bommi Baumann*

19. August
Gestern, am Spätnachmittag, kam Christa mit Mann und Kindern. Sie sind auf der Fahrt nach Jugoslawien. Sie sind schon um drei Uhr nachts in H. abgefahren, um Staus zu vermeiden. Doch mußten sie bald feststellen, daß viele wie sie gedacht hatten. Von Würzburg bis Nürnberg mußten sie Schritt fahren. Und das bei dieser Affenhitze. Sie standen vor dem Wagen, die Kinder verheult und alle

rotgesichtig und verschwitzt. Christa fächelte sich Luft in die Bluse. Mir fiel auf, daß sie keinen Büstenhalter trägt. Von früher habe ich diese gewalttätigen weißen, mit Draht verstärkten Körbe in Erinnerung. Sie wirkten, waren sie nicht am Körper, prothesenhaft. Es gab eine Zeit, da spielten wir Arm ab. Zogen einen Arm aus dem Pullover, steckten ihn auf den Rücken und ließen den Ärmel leer herumflattern.

Manfred, der schon wieder einmal Angst um seinen Job bei Howald hat (er ist dort Spitzendreher), erklärte mir die Fahreigenschaften des neugekauften Autos. Auf dem schwarz gespritzten Wagen stand in schwungvoller Seitenaufschrift: Golf. Ein Extra, das, wie Christa mir später erzählte, ganz schön Geld gekostet hatte. An dem Wagen war alles schwarz, sogar der Gepäckständer, lediglich die Felgen waren metallen, aber mattiert. Oben auf dem Dach die Campingausrüstung, wie von Christo verpackt. Manfred pulte die Knoten auf. Er bestand darauf, alles hochzutragen, aus Angst, es könnte geklaut werden. Christa schaffte inzwischen die schreienden Kinder nach oben. Sie hat das Haar rot gefärbt, dazu eine rasante Dauerwelle. Sie hatte Friseuse werden wollen, hat dann aber – auf Wunsch des Vaters – eine kaufmännische Lehre gemacht.

Wir hatten gerade den letzten Koffer oben, da hantierte Christa schon in der Küche, das Baby auf dem Arm, der Junge saß am Tisch, Milch trinkend. Sie hatte in der Zwischenzeit die stehengebliebenen schmutzigen Geschirrberge in die Spüle geräumt und Wasser einlaufen lassen. Ich wollte ihr helfen, aber sie sagte nein, und ich stand ihr, als ich es dennoch versuchte, immer im Weg.

Sie sagte, setz dich mal, und zu Klaus, der mehr Milch wollte: Hier, und jetzt geh mal zu Onkel Christian. Er stieg mir auf den Schoß, und ich dachte: Richtig, ich bin Onkel. Ich sah Christa zu, wie sie mit der freien Hand in schnellen gezielten Griffen die Anrichte freiräumte. Währenddessen erzählte sie von Jugoslawien, wo sie vor zwei Jahren schon einmal waren. Sie bückte sich nach den Töpfen, und der Rock gab ein Stück ihrer Oberschenkel frei, lange Beine mit schmalen Fesseln. Schwesterbeine, dachte ich. Dennoch mußte ich wie unter Zwang hinsehen und war zugleich bemüht, in mir etwas gegen diesen Anblick zu mobilisieren, ein gleichgültiges, sachliches Betrachten. Als Kinder haben wir oft, meist von ihr angestiftet, Doktor gespielt. Ich mußte ihre klitzekleinen Brüste anfassen. Darin sind Milchdrüsen, erklärte sie. Ein Wort, das sie irgendwo, aber sicherlich nicht von den Eltern aufgeschnappt hatte.

Dieses Wort: Milchdrüsen.

Manfred saß in meinem Sessel und sah eine Folge der *Enterprise*. Das Raumschiff näherte sich gerade mal wieder irgendeiner Galaxis. Klaus guckte auch, durfte aber nicht immer dazwischenfragen, dafür auf Papas Schoß sitzen. In der Küche hörte ich Christa mit Anna reden, auch Karins Name fiel.

Manfred drückt die Programme durch. Klaus schreit. Christa versucht, ihm etwas zu erklären. Manfred will von mir wissen, ob wir in der Wohngemeinschaft durcheinanderschlafen.

Ich frage, was er damit meine.

Na ja, ob die Frauen es mit allen Männern machen.

Ich sage, nein.

Er knabbert die mitgebrachten Erdnüsse. Die Tagesschau läuft. Flüchtlinge aus Vietnam in kleinen Booten. Eine Schokoladenfirma hat 100 000 Tafeln Schokolade für die Flüchtlinge gestiftet. Flüchtlinge aus Kambodscha werden gezeigt. Sterbende in Großaufnahme. Fliegen kriechen ihnen in die Augen. Der Fernsehkommentator spricht von einer Tragödie. Als ich anfange zu pöbeln, den Kommentator einen Drecksack, einen Heuchler nenne, sagt Manfred, die Erdnußdose in der Hand, er habe keine Lust, jetzt über Politik zu reden.

Christa hat in der Küche gedeckt. Sie hat, nach einem *Brigitte*-Rezept, einen griechischen Hackbraten gemacht. Die Zutaten hat sie mitgebracht. Sie ißt und gibt dem Baby die Flasche. Danach werden die Kinder in Karins Zimmer gebracht. Manfred hat Kinderbetten aufgestellt.

Wir sitzen noch zusammen, sie zeigen mir Fotos vom letzten Urlaub in Schweden. Zwischendurch gähnen sie. Schön das Land, viel Wald und Wasser, aber der Regen. Darum wollen sie in diesem Jahr zu den Jugos, wenn die Fahrt auch mörderisch ist.

Nach dem Frühstück fragt Christa: Brauchst du Geld und kramt auch schon in der Handtasche. Ich sage ihr, daß ich Taxe fahre.

Du siehst schlecht aus, sagt sie. Drückt dich was?

Nee, sage ich, alles klar auf der Andrea Doria.

Sie schwärmt noch immer für Udo Lindenberg, den Manfred aber für einen beknackten Typ hält.

Sie sagt, sonst geht alles gut mit ihm. Ja. Aber sie würde gern wieder arbeiten, wenn die Kleine in den Kindergarten kommt, denn eher gehts ja nicht, aber das will er nicht.

Er geht um den Wagen, prüft die Verschnürung der Campingsachen. So, sagt er, dann mal tow.

Später, in Karins Zimmer, sehe ich, Christa hat all die vertrockneten Pflanzen gegossen.

Ich heule plötzlich und krampfartig.

21. August

Ich habe bei ihrer Mutter angerufen. Karin sei nach Zürich gefahren, um sich dort ein Zimmer zu suchen. Sie gebe mir einen Ratschlag, den sie auch ihrer Tochter schon gegeben habe. Wir sollten uns Zeit lassen und uns nicht gegenseitig quälen. Ich wollte sagen, was heißt gegenseitig. Aber sie meinte es freundlich, und ich sagte ihr, sie solle Karin grüßen.

Erst später fiel mir ein, daß sie mit diesem Rat möglicherweise die erwartete Frage nach Karins Anschrift hatte verhindern wollen.

22. August

Bekam heute eine Fahrt nach Bogenhausen in die Thomas-Mann-Allee. Obwohl mir die Straße bekannt war, wollte mir nicht einfallen, wo sie lag. Ich mußte auf dem Plan nachsehen, was die Frau, die ich fuhr, veranlaßte, mich um zwei Mark herunterzuhandeln. Sie sagte, es gäbe einen kürzeren Weg. Anhand des Plans hätte ich ihr das Gegenteil beweisen können. Ließ es aber.

24. August

Was früher genußvoll war, im Sessel sitzen und bei Musik zu lesen, erscheint jetzt wie ein Zwang.

Dieser unerträgliche Stumpfsinn der rechten Ecken.

Die Gegenstände im Zimmer zeigen ein bleiernes Bekanntsein. Der Wunsch, den öden Nippes, an dem von mir und ihr irgendwelche Erinnerungen kleben, mit einer Armbewegung vom Bord zu fegen.

> Tout le jour il susait d'obéissance; très
> Intelligent; pourtant des tics noirs, quelques traits,
> Semblaient prouver en lui d'âcres hypocrisies.
>
> *Rimbaud*

Ohne Datum
Wieder war mir eine Straße entfallen, und, was noch eigentümlicher war, nachdem mir der Fahrgast die Gegend, in der die Straße lag, beschrieben hatte, gelang es mir nicht, in meinem Kopf die räumliche Koordinierung zwischen dem momentanen Standpunkt und dieser Gegend herzustellen. Irgendwie war zwischen dem Punkt, wo ich war, und dem, wo ich hin mußte, ein weißer Fleck. So fuhr ich mit dem Stadtplan auf dem Schoß. Der Fahrgast, ein Lufthansa-Pilot, witzelte, ihm sei das auch schon mal über dem Atlantik passiert.

30. August
Gestern kam Oberhofer und bat mich, einen Freund vom Flughafen abzuholen. Einen Afrikaner, Mitglied der SWAPO, der abends auf einer Solidaritätsveranstaltung reden sollte. Aber wie der Mann aussehe, wisse er nicht. Er empfahl, den Namen (ein Zungenbrecher) auf ein Pappschild zu schreiben und am Ausgang zu warten. Okamatangara. Sein Vorname war dagegen: Heinrich!

So stand ich gegen 11 Uhr am Zolldurchgang vor einer automatischen Schiebetür und hob jedesmal, wenn sie sich öffnete und ein Schwarzer herauskam (die Maschine kam aus Daressalam), das Schild. Plötzlich trat ein großgewachsener Schwarzer auf mich zu, umarmte und küßte mich. Er sagte: Hier ist es ja fast so heiß wie bei uns. Er sprach fließend Deutsch, aber mit einem starken bayrischen Dialekt. Daß ich das Taxi selbst fuhr, überraschte ihn, und ich mußte es ihm erklären. Während der Fahrt erzählte er mir, daß er in Namibia bei einer deutschen Farmerfamilie aufgewachsen sei und später eine deutsche Missionsschule besucht habe. Sowohl der Farmer als auch der Missionar seien aus München gewesen. Zwischendurch sagte er immer wieder, ach wie interessant, ah das Siegestor, und las laut die Straßenschilder ab. Er kenne alles aus Beschreibungen, sagte er, jetzt endlich könne er das auch sehen. Weißwürste gab es auch auf der Farm, wenn geschlachtet wurde. Er habe dort als Boy gearbeitet. Unvermittelt kam er auf Sambia zu sprechen, wo er jetzt im Exil lebt.

Er erzählte von den Kommandounternehmen der rhodesischen Armee, von den Angriffen auf die Ausbildungslager der Untergrundbewegung. Dann war er plötzlich still, drehte auch nicht mehr den Kopf nach irgendwelchen Straßen oder Gebäuden.

Als ich bei Gelb über eine Kreuzung fuhr, begann hinter mir ein Hupkonzert. Im Rückspiegel sah ich, daß es nicht mir galt, sondern einem uns folgenden BMW, der offensichtlich noch bei Rot über die Kreuzung gefahren war. Ich bog in eine Nebenstraße ab, fuhr in falscher Richtung durch eine Einbahnstraße, der BMW folgte uns.

Ich sagte, wir werden verfolgt.

Er drehte sich nicht einmal um. In Lusaka werde er ständig vom südafrikanischen Geheimdienst beschattet, der habe sicherlich auch dem deutschen Geheimdienst seine Ankunft annonciert.

Zu Hause machte ich Kaffee, er schmierte sich eine Scheibe Schwarzbrot. Schwarzbrot, das er aus Namibia her kenne, gebe es in ganz Sambia nicht. Er erzählte von den Deutschen im Land, die seit fast hundert Jahren dort sitzen, an den wasserreichsten Stellen. Er erzählte von Missionaren und Händlern, kauzigen und skurrilen Typen. Eigentlich hätte ich ihn gern über den Kampf der SWAPO ausgefragt, aber das schienen mir Fragen zu sein, die mir nicht zustanden, wie auch seine Anrede: Genosse. Ich habe an L. denken müssen, der einmal sagte, wenn ihn einer heute noch mit Genosse anrede, müsse er innerlich lachen, so fossil wirke das Wort jetzt auf ihn. Ich empfand, so angesprochen, Trauer und Scham, Scham, weil mir die Anrede nicht recht zustand, Trauer, weil sie mir früher geläufig war.

Später kam Oberhofer. Er besprach den Ablauf der Veranstaltung, wann Heinrich reden sollte und wann man mit der Diskussion anfangen müsse. Dazwischen sollten noch zwei andere Leute von irgendwelchen Solidaritätsvereinen reden. Thema des Abends: Der Befreiungskampf in Namibia. Zwischendurch fragte Oberhofer, ob Heinrich nicht in Karins Zimmer schlafen könne. (Er vermied es, Bett zu sagen.) Ich ging hinüber und lüftete das Zimmer, bezog das Bett und legte Handtücher heraus. Als er seinen Koffer in das Zimmer stellte, sagte er, die Pflanzen betrachtend: Hier gabs ja eine lange Dürreperiode.

Auf der Veranstaltung sprach er frei, mit kleinen sparsamen Handbewegungen. Er sprach ohne jedes Pathos, konzentriert und mit einer eindringlichen Stimme. Er sprach vom Kampf in Namibia, unter welchen Bedingungen in Swakopmund ein Streik organisiert wurde, von den Verhörmethoden der südafrikanischen Polizei, von den Arbeitsbedingungen in den Minen, von der Angst der Weißen, von den Schwierigkeiten des Guerillakampfes in einem Land mit großen Steppen und Wüstenstrichen. Immer wieder wurde er von dem Applaus der Zuhörer unterbrochen.

Später sagte Oberhofer, er habe seit langem keine so gute Rede mehr gehört.

Während der Diskussion saß Heinrich auf der Treppe zum Podium und notierte sich die Fragen. Er beantwortete die Fragen sachlich, ohne persönliche Polemik gegen jene, die ihn durch Fragen hatten provozieren wollen.

Nachts saßen wir in der Küche und tranken Wein. Oberhofer hatte ihn gefragt, wo er in Namibia gekämpft habe. Heinrich erzählte, wie sie nachts den Sambesi durchschwammen. Wie sie tags unter den Dornensträuchern in der Steppe sich verborgen hielten und nachts marschierten. Ein, zwei Monate dauerte das, bis sie am Einsatzziel waren. Dort verlegten sie Minen in die Straßen. Dann begann der Rückmarsch, der weit gefährlicher war, da die Südafrikaner wußten, wo man suchen mußte. In der Luft Hubschrauber und Aufklärungsflugzeuge, auf den Straßen und Wegen Panzerspähwagen. Er sagte, er sei vor zwei Jahren auf den diplomatischen Posten in Lusaka versetzt worden, wolle aber bald zur Truppe zurückkehren.

Als Oberhofer ihn fragte, was er einmal in einem befreiten Namibia tun werde, sagte er, seine Chancen, das zu erleben, seien gering. Er sah mich an, und da ich meine Überraschung nicht hatte verbergen können, fügte er hinzu: Ihm sei das durchaus nicht gleichgültig, aber er habe sich inzwischen darauf eingerichtet. Und als ich zögernd fragte wie, antwortete er, er könne nicht mehr einfach so in den Tag hineinleben. Das ist zugegeben auch ein Verlust.

Und der Gewinn?

Ein Selbstgewinn.

Am nächsten Morgen fuhr er nach Frankfurt, zu einer Veranstaltung, auf der er wieder reden sollte.

2. September

Plötzlich stürzt Regen aus einer vereinzelten Wolke am sonst blauen Himmel.

Redete mit einem Fahrgast über das Wetter, aber mechanisch, ohne recht hinzuhören, was er sagte.

Da schrie er: Vorsicht.

Ich bremste sofort, wußte aber nicht, warum.

Danach schwieg der Mann. Beim Aussteigen sagte er: Sie fahren ja wie ein Lebensmüder.

4. September

Das Glas mit Wein (der Rest). Der Aschenbecher, darin zusammengeknickt Zigarettenkippen. Aschrollen, die aufbrechen. Eine Fliege läuft langsam über meinen Arm, sitzt auf meiner Hand. Der Wunsch, das monotone Tschilpen der Spatzen abschalten zu können. Die Lust am Stillstand.

Kerbel, zu den Doldengewächsen gehörendes, als Gewürz verwendetes Kraut mit gelblich- oder grünlichweißen Blättern (grch. chairephyllon; zu chaitein »sich freuen« + phyllon »Blatt«, wegen des Duftes der Blätter)

Ohne Datum
In welch lärmender Zerstreuung habe ich früher gelebt. In welch dümmlicher Munterkeit. Die Ahnungslosigkeit des eingebildeten Gesunden.

8. September
Eine Karte von ihr. Eine Ansichtskarte. Wieder hat sie alles in einer kleinen Druckschrift bis zum Rand vollgeschrieben. Sie schreibt von den Spießern auf der Straße, die sich nach jedem Fetzchen Papier bücken, von den kropfigen Kretins, von den Banken. Die Schweiz, die Koprophage.

Auf die Karte, die ein übersonntes Ufer des Zürichsees zeigt, hat sie mit Kugelschreiber einen Pfeil gemacht, der auf etwas zeigt, was idiotischerweise gar nicht zu erkennen ist. In diesem Haus, schreibt sie, hat sie ein Mansardenzimmer gefunden.

Ohne Datum
Dieses unerträgliche Mittelmaß in allem und allem.

Ohne Datum
In meinem Kopf, was für ein Kuddelmuddel. Mir ist, als müßte ich meinen Gedanken nachlaufen. Setze ich

mich, beginnt alles zu kribbeln, Hitze steigt auf, ich muß wieder aufspringen. Wenig später muß ich mich setzen, weil alles so unerträglich langsam sich dahinschleppt.

10. September

Die alten Nazis (Strauß und Carstens). Die jungen Nazis (Pißmann u. a.). Der Reformfaschismus. Kohlköpfe. Wie kommt es zu dieser allgemeinen Starre in diesem Land, zu dieser entsetzlichen Bewußtseinslähmung, zu dieser perversen Selbstzufriedenheit mit dem eigenen Kastratendasein.

11. September

Wieder Schwierigkeiten beim Finden einer Straße. Der Fahrgast fragte, ob ich überhaupt einen Taxischein hätte. Er notierte sich dann, ganz Hilfs-Sheriff, die Adresse des Taxenbesitzers, also die von W.

Fuhr im Verkehrsstrom weiter stadtauswärts, kam auf den Autobahnzubringer nach Lindau und folgte ihm. Fuhr die Autobahn. Die Sonne war wie Blei. Das Licht dumpf. Ich fuhr in einem gleichmäßigen Tempo. Wäre jemand auf meiner Spur langsamer gefahren, ich hätte, glaube ich, nicht den Blinkhebel drücken, nicht das Bremspedal bedienen können. Ich fuhr bis nach Inning. Der Gedanke, W. eine Abrechnung zu präsentieren, die nur aus Benzinkosten besteht, schreckte mich erst auf der Rückfahrt, aber auch nicht sehr.

Ich nahm in Inning den erstbesten Parkplatz. Das Licht

auf dem See schmerzte in seiner Starrheit. Manchmal rannte ich, um nicht in mich sehen zu müssen.

Auf der Rückfahrt hörte ich im Radio einen Bericht über die Revolution in Nicaragua. Wäre ich dort, mir wäre – vielleicht – geholfen.

Ich zahlte W. die Benzinrechnung. Er sah mich an, fragte, was war. Ich sagte, wieso, nichts. Ich ließ ihn einfach stehen.

Sonntag
Saß und starrte auf die Wollmäuse, die sich träge am Boden wälzten.

Die Fahrt nach Wittenberge
Manchmal, an Sonntagen, waren die Eltern mit den Kindern in der S-Bahn an die Elbe gefahren, nach Wittenberge bei Blankenese. Kerbel baute im Sand Dämme gegen die langsam steigende Flut. Seine Schwester trug ihm in Eimern Sand zu. Der Vater rauchte. Die Mutter hatte das Kleid ausgezogen und saß im Unterrock am Strand. Irgendwo draußen auf dem Strom stöhnte ein Eimerbagger.

Ohne Datum
Hörte von einem Professor. Er hatte sich mittels Schlaftabletten das Leben genommen. Kurz vor der Selbsttötung war er nach Amerika geflogen und hatte dort einen Hirnchirurgen befragt, ob er ihm stereotaktisch jenen Teil seines Hirns entfernen könnte, der ihn in diese atemlose

Unruhe versetze. Es sei ihm ganz unmöglich, sich auf irgend etwas zu konzentrieren. Der Chirurg (Spezialist mit Weltruf) konnte den Erfolg eines solchen Eingriffs nicht garantieren.

Ohne Datum
Wunschkonzert.
    Der Wunsch, außer mir zu sein. Der Wunsch, in mir zu sein. Der Wunsch, da zu sein, wo ich (gerade) nicht bin.

14. September
Nachmittags bekam ich vom Stand am Bahnhof eine Fahrt nach Schwabing. Eine Frau, Anfang Dreißig, Hausfrau auf Einkaufsbummel, wie ich glaubte. Sie saß im Fond, ohne zu reden. In der Kaiserstraße ließ sie mich halten und sagte, sie wolle nachsehen, ob ihr Freund in ihrer Wohnung sei. Ich ließ das Taxameter laufen. Nach einiger Zeit kam sie zurück und sagte, ihr Freund sei nicht in der Wohnung. Seit zwei Tagen versuche sie nun schon, in ihre Wohnung zu kommen. Den Wohnungsschlüssel habe ihr Freund. Aber er nehme weder das Telefon ab, noch öffne er auf Klingeln. Sie bat mich, in die Wohnung einzusteigen und nachzusehen, ob etwas passiert sei. Sie stellte sich vor die ebenerdige Küchentür, deren Luke oben geöffnet war, und faltete vor sich die Hände. Mit einem Fuß stieg ich in ihre Hände, und sie hob mich mit einer erstaunlichen Kraft hoch. Ich zwängte mich durch die Luke und sprang auf der anderen Seite hinunter. Ging durch Küche, Wohnzimmer, Bad und Korridor. Die Wohnungstür war abgeschlossen und auch von innen nicht zu öffnen. Ich sagte der Frau, die

vor der Wohnungstür wartete, daß niemand in der Wohnung und die Tür verschlossen sei. Also hat er doch den Schlüssel mitgenommen, sagte sie draußen und dann, ich solle ihr die Küchentür öffnen. Auch die war verschlossen. Die Türklappe konnte ich auch nicht mit Hilfe eines Stuhls erreichen. Sie rief von außen, ich solle das Schloß der Wohnungstür herausschrauben. Schraubenzieher liegen im Küchenschrank, unten. Sie holte sich aus der Taxe einen Schraubenzieher. So schraubten wir von beiden Seiten das Schloß aus der Tür. Ich hörte ihren Atem, und manchmal murmelte sie etwas Unverständliches. Dann ging sie durch die Wohnung, als suche sie etwas. Ich schraubte das Schloß wieder in die Tür. Sie kam zurück und sagte, ihr Freund habe ihr einen Fotoapparat gestohlen. Einen teuren Apparat. Sie wolle nach Neuaubing gefahren werden.

Während der langen Fahrt saß sie im Fond, ohne etwas zu sagen. In der von ihr angegebenen Straße ging sie in ein Reihenhaus. Ich wartete. Langsam wälzte das Taxameter die Zeit um. Ich hatte den Verdacht, sie könnte einfach weggegangen sein, ohne bezahlt zu haben. Einmal glaubte ich, sie in dem erleuchteten Fenster mit einem Mann stehen zu sehen. Dann kam sie aus der Haustür und setzte sich, ohne ihr langes Wegbleiben zu erklären, neben mich, nach vorn. Sie wollte nach Haidhausen gefahren werden. Wieder fuhren wir schweigend. Vielleicht wartete sie darauf, daß ich sie nach Gründen für ihre Sucherei fragte. Aber ich hatte keine Lust zu reden, und auch die Gründe, die sich hinter ihrem eigentümlichen Verhalten verbargen, waren mir gleichgültig. In der Metzstraße verschwand sie in einem Mietshaus. Nach einer halben Stunde kam sie heraus und setzte sich wieder nach vorn. Sie wollte zur Rosenheimer Landstraße gefahren werden. Dort fuhren wir langsam am Strich entlang. Die Nutten kamen aus der Dunkelheit auf den Wagen zu und drehten wieder ab, wenn sie die Frau neben mir erkannten. Sie sagte: Halt. Im Scheinwerferlicht standen zwei ganz in schwarzes Leder gekleidete Nutten, kurze Röckchen, dazu hohe Stulpenstiefel. Die Frau stieg aus und umarmte die beiden. Einen Moment redeten sie miteinander. Dann kam sie zurück und fragte, was sie zu zahlen habe. Das Taxameter zeigte 74 Mark. Sie gab mir einen Hunderter, sagte, das stimmt so und danke.

Sie stellte sich zu den beiden Nutten auf den Bürgersteig.

Ohne Datum
Manchmal spiegeln sich, ganz kurz, schwarz die vorbeifliegenden Vögel in einer Fensterscheibe des gegenüberliegenden Hauses.

Ohne Datum
Beobachtete vom Fenster einen abgerissenen jungen Mann (Penner), der in den Ascheimern auf der Straße wühlte. Er steckte sich ein paar alte Brötchen in einen Plastikbeutel.

Notiz
Er stand nun am Abgrund, wo eine wahnsinnige Lust ihn trieb, immer wieder hineinzuschauen und sich diese Qual zu wiederholen. *Lenz*

Ohne Datum

Das tiefe Erschrecken, wenn ein Hubschrauber über das Haus fliegt. Der Grund für dieses Erschrecken wäre sicherlich von Interesse für die Staatsschutzorgane.

Ohne Datum

Von der Schönheit des Regens. Das Sich-Zusammenreißen im Diesseits und im Jenseits. Der Muskelschwund der Hoffnung.

Für ein Vitamin-B-Präparat posiert ein nacktes Mädchen.

9. Oktober

Übersah heute ein Halteschild. Es gab einen Knall, der Wagen wurde herumgerissen, Glas splitterte. Das Eigentümliche war, daß ich überhaupt keinen Schreck spürte. Der Motor war herausgehoben. Beim anderen Fahrzeug, ebenfalls einem Mercedes, war die Seite stark eingedrückt. Der Fahrer saß am Steuerrad und blutete am Kopf. Die Tür klemmte. Er stieg auf der anderen Seite aus. Er stand da und preßte sich ein Taschentuch gegen die Stirn. Immer mehr Leute kamen und drängten sich um uns.

Irgend jemand sagte, dieser Schnösel ist wie ein Besoffener gefahren.

Ich schlug nach ihm. Die Wucht, mit der ich ihn mit der Faust ins Gesicht traf, ließ mich selbst zusammenfahren.

Der Mann begann, an der Lippe zu bluten.

In die entstehende Aufregung kam die Polizei. Ich

mußte ins Röhrchen blasen. Es färbte sich. Nicht schlecht, sagte der Polizist. Mit einer Klage wegen Körperverletzung müsse ich auch rechnen. Zahlreiche Zeugen hätten sich gemeldet. Aber vielleicht wirkt Ihr Alkoholspiegel strafmindernd, jedenfalls in dem Fall, versuchte mich der Polizist zu trösten. Den Führerschein sind Sie aber erst mal los. Er sah mich neugierig an.

Ich sagte, ich hab eh vom Taxifahren die Nase voll.

10. Oktober

W. sagte, es sei ganz unglaublich. Jetzt habe er den Kanal voll. Er stand auf, setzte sich dann wieder. Er sagte, er sei zwar kaskoversichert, aber nicht gegen den Verdienstausfall. Er beruhigte sich langsam und meinte, mit meiner Taxikarriere sei es ja nun vorbei.

Ohne Datum

Ein lichter Herbsttag. Im Englischen Garten liegen die Menschen auf den Wiesen. Ein Ami mit rasiertem Schädel singt zur Gitarre. Zwei Mädchen werfen sich eine Wurfscheibe zu. Manchmal bleibt sie in der Luft stehen, leuchtend rot, bevor sie langsam, immer schneller werdend, zu Boden sinkt. Hunde jagen durch das Blattgold. Bald wird man durch die Bäume die Kirchen sehen können.

Geschichtenball

Gern spielt Kerbel mit den Mädchen Geschichtenball. Man stellt sich vor eine Hausmauer und wirft den Ball dagegen, über den Rücken, rechtsherum, linksherum, durch die Beine, seitlich um den Körper, läßt den Ball an der Brust abprallen, an den gefalteten Händen, an den Fäusten. Dabei erzählt man die selbstausgedachte Geschichte. Fällt der Ball runter, kommt der nächste dran und so fort, bis man wieder an der Reihe ist und die Geschichte an der Stelle weitererzählt, an der man unterbrochen worden ist. Die Kunst besteht darin, eine spannende Geschichte mit möglichst vielen Ballfiguren zu kombinieren. Geschichtenball wurde meist abends, bei Einbruch der Dämmerung, gespielt. Die neugierigen Gesichter der auf einer Treppe sitzenden Mädchen. Fiel Kerbel der Ball runter, wußten sie es einzurichten, daß er möglichst schnell wieder drankam.

Ohne Datum
Nachmittags, in der Amalienstraße, war plötzlich ein metallisches Ding-Dong zu hören. Passanten blieben stehen. Ich entdeckte einen alten Mann in Bundhose und Trachtenjanker, der von diesem Ding-Dong begleitet wurde wie von einem mißgestimmten Glockenspiel. Erst als er an mir vorbeikam, entdeckte ich, daß er – fast ohne Armbewegung – mit einer überlangen Stahlspitze seines Spazierstocks gegen die Radkappen der geparkten Autos schlug. Das Schimpfen der Leute, und das aggressiv verkniffene Gesicht des Alten.

Ohne Datum
Erinnerung. Über dem Land der Rauch der Kartoffelfeuer. Und ohne daß ein Wind geht, fallen auf den Obstwiesen immer wieder Äpfel von den Bäumen. In der

Ferne am blauen Himmel steht eine kleine Wolke. Ich ertappte mich mehrmals beim Selbstgespräch.

*

Kerbel stand meist früh auf, kochte sich Kaffee, den er aber gegen seine frühere Gewohnheit nicht in der Küche, sondern in seinem Zimmer trank. Auch muß er sich in dieser Zeit den Toaster gekauft haben, eine, wie es scheint, überflüssige Anschaffung, da es einen in der Küche gab.

Eines Tages wurde Anna, deren Zimmer neben Kerbels lag, von einem eigentümlichen Vibrieren und lautem Keuchen geweckt. Erst nach einiger Zeit kam sie darauf, daß Kerbel nebenan Gymnastik machte. Das war neu. Neu war auch die Angewohnheit Kerbels, im Bad zu pfeifen. Daraus schloß sie, daß er sich wieder gefangen habe. In dieser Zeit versuchte Anna, sich sowohl von Peridam als auch von dem Assistenten zu trennen, und sie sagt, daß möglicherweise eben dieser Umstand dazu geführt habe, daß ihr nichts aufgefallen sei, was einen Hinweis auf Kerbels spätere Tat hätte geben können. Sie sei einfach zu sehr mit sich selbst beschäftigt gewesen.

Nur einmal sei sie Zeuge einer, wie sie fand, etwas peinlichen Situation geworden. Sie traf Kerbel auf dem Flur beim Telefonieren, und zwar hielt er merkwürdigerweise mit der Hand die Sprechmuschel zu, während er angestrengt ins Telefon lauschte. Als er Anna bemerkte, legte er schnell auf.

Kerbel kaufte sich drei Wochen vor seiner Tat ein altes VW-Kabriolett. Die Hälfte der Kaufsumme lieh er sich bei einem Bekannten, einem Rechtsanwalt.

Kerbel fuhr – ohne Führerschein – oftmals schon morgens hinaus aufs Land. Eines Abends traf Oberhofer beim Hinuntergehen Kerbel auf der Haustreppe. Durchnäßt, Jacke und Hose mit Dreck und Lehm beschmiert, als sei er gestürzt, kam Kerbel die Treppe herauf und sagte: Hallo, aber so übertrieben fröhlich, daß die gezeigte Munterkeit in einem grotesken Gegensatz zu seinem sonstigen Aussehen stand. Oberhofer wollte ihn fragen, was er denn bei diesem Wetter draußen gesucht habe, aber Kerbel war schnell weiter- und hinaufgegangen.

Einige Tage darauf sah Oberhofer Kerbel in der Küche und erfuhr erst jetzt, daß Kerbel nicht mehr Taxi fuhr. Kerbel verließ zwar morgens das Haus und kam erst abends wieder, aber er arbeitete, wie sich herausstellte, nicht. Kerbel sagte, er habe sich vorgenommen, sein Studium fortzusetzen und auch abzuschließen, obwohl er den Gedanken, bis zur Pensionierung Lehrer zu sein, so fürchterlich finde, daß er nur darauf hinarbeiten könne, indem er gerade nicht an die Zukunft denke.

Es gibt aber keinen Hinweis dafür, daß Kerbel tatsächlich versucht hat, sein Studium wieder aufzunehmen. In den Tagen, als er mit Oberhofer sprach, lief nämlich die Frist ab, in der man sich immatrikulieren konnte. Wie man seinem Studienbuch entnehmen kann, hat er sich nicht wieder einschreiben lassen. Hingegen war er bei einem Kunsttischler, der sich auf die Restaurierung alter Möbel spezialisiert hatte und ganz in der Nähe von Kerbels Wohnung seine Werkstatt auf einem Hinterhof betrieb.

Kerbel erkundigte sich bei dem Mann, ob er bei ihm eine Tischlerlehre machen könne. Der Mann antwortete, daß er sich in einem Jahr zur Ruhe setzen werde und Kerbel sich bis dahin gedulden müsse, um seinen Nachfolger, wenn sich einer fände, zu fragen. Eine geraume Zeit blieb Kerbel noch in der Werkstatt und sah dem Tischler beim Abschleifen eines Mahagonistuhlbeins zu.

Nachmittags saß Kerbel oft in der *Oase,* einem Café, das in der Nähe der Universität lag, und in das er früher oft mit Karin gegangen war. Er trank Milchkaffee und bestellte sich – sein Mittagessen – ein Sandwich. Er sah hinaus in die Passage und beobachtete die vorbeischlendernden Menschen. Zwischendurch blätterte er in irgendeiner liegengelassenen Zeitung.

Anfang November schrieb er einen undatierten Brief an die Adresse von Karins Mutter, mit der Bitte, ihr den Brief nach Zürich nachzuschicken.

Liebe Karin,
wie doch die Zeit vergeht, sagte meine Tante Grete immer.
   Ich sitze vor dem Fenster und draußen sind die Bäume leer. Der Hausbesitzer hat den Aufruf der Regierung zum Energiesparen ernst genommen, und so sitzen alle vor lauwarmen Heizungen in dicken Pullovern beim Frühstück. Oberhofer wird auch in diesem Semester nicht seinen letzten fehlenden Schein machen. Seine Genossen haben mit ihm diskutiert, wie sie das nennen, und ihn überzeugt, daß er weiter Politik machen müsse.
   Was soll man machen, sagte er neulich, als Berufsrevo-

lutionär kann man sich seine Arbeit nicht einfach nach Lust und Laune aussuchen. Aber er sagte das nicht so munter wie sonst.

Ich würde gern wissen, was er später einmal machen will, ich meine nicht das, was er so sagt, mir und anderen, sondern was er insgeheim wünscht.

Anna durchflüstert mit ihrem Assistenten die Nächte. Der Mann sieht neuerdings gut aus, hat zugenommen, wirkt auch nicht mehr so verhuscht. Angeblich soll seine Frau ja um ihn und um ihr Familienglück kämpfen. Vor einiger Zeit wachte ich nachts von einem Keuchen nebenan auf. Und ich kann nur sagen, Du hast recht, viel Freude hat Anna am Geschlechtsverkehr nicht, jedenfalls nicht mit ihrem Assistenten. Ich lag die Nacht wach, denn draußen ging ein starker Wind und riß am Rollo. (Ich bin denn wohl auch vom Klappern aufgewacht und nicht von dem dünnen Ächzen des Assistenten.)

Ein Genosse von Oberhofer möchte gern in Dein Zimmer einziehen, und Oberhofer hat mich schon zweimal dezent gefragt, wann Du denn Dein Zimmer endgültig räumen würdest.

Ich habe so langsam meine Zeitachse wiedergefunden, und auch die Stabilisatoren arbeiten wieder. Ich werde eine Tischlerlehre machen. Vielleicht bin ich der älteste Lehrling der Tischlerinnung, aber das ist mir wurscht. Ich weiß dann wenigstens, was ich mache, und es ist auch greifbar, jedenfalls will ich mir nicht diesen Quark ins Hirn drükken, den ich dann später auf Anordnung der Schulbehörde stundenplanmäßig wieder absondern müßte. (Die Diskussionen mit Oberhofer über den Sinn, in dieser Gesellschaft als Lehrer zu arbeiten, sind inzwischen schon ein gutes Ritual geworden.) Ich war vorgestern bei dem Kunsttischler in der Lerchenfeldstraße und habe ihn nach den Möglichkeiten einer Lehre befragt. Er zeigte sich interessiert. Eine Zeitlang habe ich ihm zugesehen, wie er für einen Empire-Stuhl ein neues Bein machte. Gut, man kann sagen, für wen arbeitet er, für dieses Pack, für diese ganzen Wickis und Wackis, für die Henderson Boys und Girls, für die Turbofahrer, für diese ganze ekelhafte Mischpoche. Aber irgendwann werden es sich ja doch auch mal andere Hintern auf den Stühlen bequem machen können, hoffe ich.

Zunächst einmal muß ich mich nach einem neuen Job umsehen, da mit dem Taxifahren in nächster Zeit nichts mehr geht. Ich habe neulich einen Chef-Arzt-Mercedes seitlich aufgerollt. Und hatte, obwohl in der vorangegangenen Nacht nur wenig getrunken, dennoch solide 1 Promille im Blut. In einem kleinen Handgemenge habe ich dann einem jener widerlichen Unfall-Spanner eins auf den Zahn gegeben. Du weißt, das war schon immer mein Wunsch, den gaffenden Spießern eine hinzulangen. Ich war danach auch sehr zufrieden, seh da aber einem kleinen Gerichtsverfahren entgegen. Aber das war die Sache wert. Ich glaube, mir wäre vieles leichter gefallen, hätte ich nicht diese eingebaute Sperre zuzuschlagen.

Der Führerschein ist natürlich erst mal weg. Dafür habe ich mir ein schrottreifes Kabriolett (VW) gekauft und fahre oft hinaus, laufe viel und sage mir immer wieder, was ist das für ein wunderschönes Land, und dieser durchsonnte Herbst. Dann wieder zu Hause, vor dem Fernseher, sehe ich Strauß und sage mir, vielleicht hast Du recht getan, wenn auch gar nicht kalkuliert, daß Du gerade nach Zürich gegangen bist, obwohl der Unterschied zu Schmidt vielleicht nur eine Dialektfrage ist, und auch der Unterschied zur Schweiz wohl nicht so groß ist, hier wie dort bekommt man in dem feststehenden Mief Erstickungsanfälle.

Vor einigen Tagen sah ich mit großer Befriedigung in der Tagesschau eine Übertragung der Debatte über Fahrpreiserhöhung im Münchner Rathaus. Die protestierenden Bürger mußten von Saalordnern hinausgetragen werden. Dazu, ganz unvergeßlich, dieser matschige Kohlkopf vom Oberbürgermeister. Und in Hamburg, höre ich, können die Kontrolleure auf bestimmten U-Bahnstrekken die Fahrtausweise nur noch in Begleitung von Schäferhunden prüfen, so stark sind dort inzwischen die Bürgerinteressen geworden. Das ist doch immerhin ein feiner roter Hoffnungsstreifen. Vielleicht kommt unsere Mutlosigkeit daher, daß wir das Mißlingen revolutionärer Ansätze schon im vorhinein theoretisch erklären können, und so unsere Resignation mit einem enormen wissenschaftlichen Apparat am Leben erhalten. Ein bißchen ist das so wie mit King Kong. Er sitzt auf der Spitze des Empire State Building, in der einen Hand seinen Traum, die schöne Blondine, und mit der anderen Hand muß er die Jagdflugzeuge abwehren.

Irgendwann will ich, sofern mein Klappriolett mich trägt und die Polizei es erlaubt, nach H. fahren. Nur in H. duften die Obstgeschäfte im November, und die Apfelsinenhaine stehen auf der Straße.

Yours forever K.

Der Brief versetzte Karin in eine ganz eigentümliche Unruhe, ohne daß sie den Grund dafür hätte nennen können. Sie versuchte, noch am selben Abend Kerbel anzurufen, aber in der Wohnung meldete sich niemand. Sie las den Brief immer wieder durch, konnte aber keine Stelle finden, die ihre Sorge hätte begründen können. Besorgniserregend war vielmehr die Stimmung, in der der ganze Brief gehalten war, und dazu gehörte auch die an einigen Stellen gezeigte Munterkeit.

Gegen Mitternacht erreichte sie endlich Oberhofer. Der sagte ihr, Kerbel sei am selben Tag, frühmorgens, nach H. gefahren. Er habe ihn zurückzuhalten versucht. In diesen Zeiten sei es doch etwas riskant, ohne Führerschein zu fahren, zumal Kerbel, würde er geschnappt, mit Sicherheit eine Strafanzeige bekomme. Kerbel habe daraufhin gesagt, eben das mache ihm die sonst so langweilige Fahrt spannend. Als Karin von ihrer Sorge sprach, zugleich betonte, sie könne nicht einmal sagen, woran sie die in Kerbels Brief festmachen solle, sagte Oberhofer ihr, daß er eher einen guten Eindruck von Kerbel habe. Kerbel sei aus seiner Lethargie erwacht, trage sich mit Plänen, und so sehe er auch diese Fahrt, obwohl Kerbel ihm nicht gesagt habe, welchen Zweck er damit verfolge.

Oberhofer sagte, es sei wohl richtig, Kerbel erst mal in Ruhe zu lassen, damit er wieder zu sich selbst fände.

Das Gespräch hatte Karin beruhigt. Sie entschloß sich, Kerbel nicht bei seiner Mutter in H. anzurufen, sondern schrieb ihm am nächsten Tag eine Karte, die sich sonderbarerweise nicht bei Kerbels Sachen finden ließ.

In der Karte hatte Karin ihm geschrieben, daß sie nach München kommen wolle, daß sie sich auf ein Wiedersehen mit Kerbel freue und daß sie sicher sei, sie könnten eine neue Form des Zusammenseins finden.

Am 10. November kam Kerbel in H. an. Die Mutter erwartete ihn mit einem gedeckten Abendbrottisch. Wie früher hatte sie ihm sein Lieblingsgericht gekocht: Milchreis mit Zucker und Zimt, übergossen mit gebräunter Butter. Kerbel aß nur wenig, und die Mutter behauptete, er sehe schlecht aus. Sie glaubte, daß er zuviel arbeite, denn neben dem anstrengenden Taxifahren auch noch zu studieren, das müsse einfach an die Gesundheit gehen. Kerbel aber sagte, ihm gehe es gut, er fühle sich wohl. Etwas später kam Christa vorbei, und sie saßen zu dritt und tranken den Rotwein, den Christa mitgebracht hatte. Die Mutter sagte, daß sie das Geschäft aufgeben müsse. Die Miete sei erneut gestiegen. Sie redete auf Kerbel ein, sich rechtzeitig um eine Altersversorgung zu kümmern. Christa erzählte von Kerbels Neffen, der, nach dem Besuch in München, Zauberer werden wollte. Kerbel hatte damals ein Spielzeugauto verschwinden lassen und es aus der Hose des Jungen wieder herausgezogen. Am nachhaltigsten hatte das Kind der Trick mit dem Wasserglas beeindruckt. Kerbel hatte ein volles Glas Wasser umgedreht, ohne daß das Wasser ausgelaufen war. Sie saßen bis weit nach Mitternacht zusammen, die Mutter erzählte von Verwandten und Nachbarn und was aus den ehemaligen Schulkameraden Kerbels geworden war.

Schließlich sagte Kerbel, er sei müde, die Fahrt habe ihn angestrengt, er müsse jetzt ins Bett.

Am nächsten Tag, einem Sonntag, fuhr er, frühmorgens, zur Anstalt Ochsenzoll hinaus. Er fragte nach Heise, und man wies ihn an, in dem Besucherzimmer C in einem Seitentrakt des Hauptgebäudes zu warten. In dem großen, mit Stahlrohrstühlen vollgestellten Raum saßen schon Besucher und Patienten. Kerbel ging an eines der Fenster, vor denen Blattpflanzen standen. Er befühlte sie und stellte fest, daß sie nicht künstlich waren. Unten, auf einem mit braunem Rasen bedeckten Hof, gingen sonntäglich gekleidete Besucher mit Patienten spazieren. Kerbels Name wurde aufgerufen. Ein Pfleger brachte einen Mann in den Raum. Kerbel hatte Heise nicht wiedererkannt. Auch Heise schien sich nicht an Kerbel zu erinnern.

Der Pfleger sagte: Schön, daß der Bär mal Besuch bekommt.

Sie setzten sich an einen der resopalbezogenen Tische, Heise auf den Rand des Stuhls, die Hände legte er auf die Oberschenkel. Kerbel bot Heise eine Zigarette an. So saßen sie und rauchten am Tisch. Auf Kerbels Fragen antwortete Heise nicht, aber er nickte immer bestätigend mit dem Kopf, als wolle er anzeigen, daß er verstanden habe. Nur einmal sagte er ganz unvermittelt: Nanu.

Kerbel hatte seine Zigarette längst ausgedrückt, da rauchte Heise noch immer. Es gelang Heise, die Zigarette bis auf einen winzigen Rest aufzurauchen.

Kerbel fragte Heise, ob er sich an Bodo Adolfi erinnern könne, der ihnen beiden, Kerbel und Heise, immer mit anderen Klassenkameraden aufgelauert habe.

Heise stand auf und sagte: Die Tage gehen so langsam in die Nacht, und die Vögel fallen vom Himmel.

Kerbel schenkte Heise das angebrochene Päckchen Zigaretten. Der Pfleger brachte Heise wieder hinaus.

Kerbel blieb dann noch drei Tage in H. Aber es schien, als wüßte er selbst nicht mehr, was er dort sollte. Er saß in der Wohnung herum, er ging spazieren, einmal machte er eine Hafenrundfahrt, die er sich als Kind zu jedem Geburtstag gewünscht hatte, und abends saß er bis zum Programmschluß vor dem Fernsehapparat. Auch beim gemeinsamen Abendbrot mit der Mutter stellte er das Fernsehen an.

Am 16. November packte er plötzlich seine Sachen und fuhr los, ohne das Mittagessen abzuwarten. Auf dem Weg nach M. wollte er einen Umweg machen und nach U. ins Oberfränkische fahren, um die Landkommune zu besuchen.

Als er dort spätabends ankam, fand er im Haus lauter fremde Leute. Jemand spielte auf einer Sitar, und es roch penetrant nach Haschisch. Die auf den Matratzen lagen, beachteten Kerbel nicht. Die Wände mit dem kunstvoll gemalten Sonnenaufgang waren mit eigentümlichen Zeichen vollgeschmiert. Als Kerbel nach Klaus fragte, schickte man ihn hinauf. Er fand Klaus an einem Tisch sitzen und Schreibmaschine schreiben. Kerbel hörte, daß sich die Kommune aufgelöst habe und er, Klaus, in den nächsten Tagen mit seinen Sachen nach B. ziehe. Er habe alles verkauft, an zwei Typen, die das dicke Geld mit Haschschmuggel gemacht hätten.

Kerbel saß eine Weile schweigend und starrte vor sich hin, dann fragte er, wie es Elke und dem Kind gehe.

Klaus sagte, er nehme an gut. Und als Kerbel ihn verwundert ansah, erzählte er, daß Elke mit Herrmann weggezogen sei. Am Anfang hätten sie versucht, eine Dreierbeziehung aufzubauen, aber es habe immer wieder Spannungen gegeben. Wenig später seien auch die anderen ausgezogen. Jetzt seien ein paar Haschvaganten da. Die kommen und gehen, sagte Klaus. Im Dorf ist schon mehrmals eingebrochen worden. Die Bauern grüßen nicht mehr. Zweimal hat es hier Hausdurchsuchungen gegeben. Er wolle so schnell wie möglich weg.

Kerbel schlief auf einer Matratze. Lange konnte er nicht einschlafen, da man bis in die Nacht die Sitar spielte. Einmal fiel nebenan irgend etwas um, mit einem metallischen Klang. Die Stille war wie ein Loch. In dieser Einsamkeit begann sich Kerbel vor sich selbst zu fürchten. Dann setzte das Sitar-Spiel wieder ein.

Er erwachte früh. In der dämmernden Stube schliefen alle. Ein Mädchen lag am Boden, verrenkt, als sei es von der Decke gestürzt. Der Sitar-Spieler schlief auf dem Gesicht, die Arme weit von sich gestreckt. Kerbel öffnete die Tür und die kalte Morgenluft schlug ihm entgegen. Er ging hinaus und langsam durch den Garten den Hang hinauf. Im Tal drängte sich noch der Nebel, und auf den Wiesen lag Rauhreif. Oben, am diesigblauen Himmel, wurde ein Kondensstreifen von der aufgehenden Sonne beleuchtet.

Klaus sah von seinem Fenster Kerbel oben auf dem Hügel, dort, wo früher die Eiche gestanden hatte, jetzt aber der Boden betoniert war. Man hatte im Zuge der Flurbereinigung eine Straße gebaut.

Nach gut einer Stunde kam Kerbel zurück.

Noch immer schlief alles in der Stube, und auch das Mädchen lag noch in derselben Stellung am Boden. Kerbel ging in die Küche, wo Klaus am Herd hantierte. Den Tisch hatte er schon gedeckt, im Ofen knackte das Feuer. Es roch nach Holz und Kaffee. Auf dem Tisch lag ein großer, noch warmer Laib Brot, den Klaus aus der Bäckerei geholt hatte.

Kerbel fragte Klaus nach seinen Plänen.

Klaus sagte, er habe einen Job im Kirchenfunk bekommen, dort müsse man am wenigsten lügen. Auch habe er schon eine kleine Wohnung gefunden, eine Endetage, also ganz oben und ohne Schritte über dem Kopf. Kerbel blickte aus dem Fenster. Draußen standen die Bäume, kahl und starr.

Klaus sagte: In dieser kalten Zeit kann man nur überwintern mit viel Geduld und Bescheidenheit.

Kerbel saß eine Weile schweigend und in sich versunken da, endlich sagte er: Dann gehen die Tage noch langsamer, und die Vögel fallen vom Himmel.

Später hörten sie draußen einen Wagen vorfahren. Sie gingen auf den Hof und sahen einen verbeulten VW-Transporter, aus dem zwei langhaarige Jungen stiegen. Beide trugen verschmutzte Schaffellmäntel.

Sie fragten, ob sie hier für ein paar Tage bleiben könnten, sie seien auf dem Weg nach Kreta, wo sie den Winter über bleiben wollten. Auf der Fahrt hierher seien sie in zwei Straßensperren geraten. Da läuft eine Großfahndung. Die hätten sie gründlich gefilzt, aber nicht nach Hasch, sondern nach Waffen.

Kerbel fragte, wie sie denn an den CSU-Aufkleber gekommen seien.

Die beiden gingen um den Wagen und sagten, den hätten sie noch gar nicht bemerkt. Wahrscheinlich stamme der noch von dem Vorbesitzer, einem Schlachtermeister aus Coburg, von dem sie den Wagen vor einem Monat gekauft hätten.

Ist doch eh wurscht, sagte der eine.

Kerbel packte seinen Koffer. Klaus kam und wollte ihm ein paar Äpfel für die Fahrt mitgeben. Kerbel nahm sie und bedankte sich, zögerte und gab alle Äpfel bis auf einen wieder zurück. Er sagte, was Klaus überraschte, mehr brauche er nicht.

Kerbel stieg in den Wagen und fuhr, den Apfel essend, langsam vom Hof.

In der Nähe von P., hinter einer leichten Kurve, lag die Straßensperre. Ein Funkwagen der Polizei war so auf die Fahrbahn gestellt worden, daß die von rechts kommenden Fahrzeuge langsam am Straßenrand über den Split fahren mußten. Dahinter konnten Autos, die kontrolliert werden sollten, auf einen Parkstreifen geleitet werden. Hier standen zwei Mannschaftswagen der Polizei sowie ein Funkwagen mit einem Computer, der direkt mit dem zentralen Fahndungscomputer (PIOS) in Wiesbaden verbunden war. Am Straßenrand standen vier mit kugelsicheren Westen ausgerüstete Polizisten, die entsicherten Maschinenpistolen in den Händen. Weit vor der Sperre, unmittelbar hinter der Kurve, gab ein Polizist mit Blinkgürtel und einem beleuchteten Handschild das Zeichen, die Geschwindigkeit zu drosseln. Ein zweiter winkte die vom Einsatzleiter bestimmten Wagen heraus. Die Sichtverhältnisse waren an diesem frühen Nachmittag gut.

Gegen 15.10 durchfährt ein schwarzes VW-Kabriolett die Kurve. Der Polizist vorn gibt das Zeichen, die Geschwindigkeit herabzusetzen. Der Fahrer des VWs erhöht daraufhin das Tempo, umfährt den auf der Landstraße stehenden Überfallwagen und rast auf den zweiten Polizisten zu, der ihn auf den Parkplatz winken will. Der Polizist kann sich gerade noch durch einen Sprung zur Seite retten. Die vier Polizisten geben aus ihren Maschinenpistolen mehrere Salven auf das Auto ab. Der Wagen kommt ins Schleudern und rast in einen frischgepflügten Acker, wo er nach einigen Sprüngen stehenbleibt.

Der Fahrer hängt bewegungslos im Sicherheitsgurt. Polizisten ziehen ihn aus dem Wagen und tasten ihn ab. Waffen findet man nicht.

Er blutet aus einer Wunde am rechten Oberschenkel, auch die Lederjacke ist seitlich an der Brust aufgerissen und blutverschmiert.

Der Mann, ca. 28, ist bei Bewußtsein und hält die Augen geöffnet. Man legt ihn auf eine Decke ins Gras. Beim Atmen ist ein schnarrendes Geräusch zu hören. Aus dem Mund läuft hellrotes Blut.

Ein Unfallwagen wird angefordert, während die Personalien des Verletzten in den Computer eingespeist werden. Einen Führerschein kann man bei dem Verletzten nicht finden.

Der Polizist, der neben dem Verletzten postiert wurde, beobachtet, wie der Mann am Boden die Augen bewegt, als suche er etwas über sich. Als der Polizist hochblickt, sieht er nichts als den blauen Himmel und ein paar Wolken.

Als der Rettungswagen kommt, stellt der Arzt den Tod des Mannes fest.

Die Leiche wird fotografiert.

Pressenotiz

Bei einer Straßenkontrolle wurde am Samstag nachmittag auf der Bundesstraße 2 in der Nähe von Hiltpoltstein der 29jährige Student Christian K. von der Polizei erschossen.

Die Kontrolle wurde im Zuge einer Großfahndung

nach im Raum Erlangen vermuteten Terroristen durchgeführt. Christian K., der ein VW-Kabriolett fuhr, versuchte, sich dieser Kontrolle durch Flucht zu entziehen.

Die Polizei eröffnete daraufhin das Feuer.

Noch bevor der sofort herbeigerufene Notarzt eintraf, verstarb K. an der Folge eines Lungendurchschusses.

Eine Überprüfung der Personalien ergab, wie der Polizeisprecher mitteilte, daß K. zwar früher in ultralinken Kreisen tätig gewesen war, aber keine aktuellen Kontakte zu terroristischen Gruppen unterhielt. Vor einem Monat war ihm der Führerschein wegen Trunkenheit am Steuer entzogen worden. Der Polizeisprecher sprach in diesem Zusammenhang von einer tragischen Kurzschlußhandlung des Erschossenen.

Die Staatsanwaltschaft erklärte, ein Fehlverhalten der Polizei liege nicht vor.

Im November an einem ungewöhnlich warmen Tag wurde Kerbel morgens in H. begraben. Oberhofer hatte am Grab etwas sagen wollen, vor allem dies, daß es kein tragischer Unfall war, sondern ein behördlicher Mord. Aber Karin hatte Oberhofer mit dem Hinweis auf Kerbels Mutter gebeten, nichts zu sagen.

Der Sarg wurde auf einem kleinen Wagen zur Grube gefahren. Auf einem Weg, weit hinten, aber in Sichtweite, stand ein Funkwagen der Polizei. Man hatte befürchtet, daß viele von Kerbels ehemaligen Freunden kommen könnten. Es waren jedoch – außer Karin und Oberhofer – nur ein paar Verwandte gekommen. Und alles blieb ruhig.

Uwe Timm im dtv

»Ein Autor, der engagiert Zeitstimmungen und geistigen Moden nachspürt und der Gesellschaft Defizite unter die Nase zu reiben beliebt.«
Toni Meissner in der ›Abendzeitung‹

Heißer Sommer
Roman · dtv 12547
Eines der wenigen literarischen Zeugnisse der Studentenbewegung von 1967.

Johannisnacht
Roman · dtv 12592
»Ein witzig-liebevoller Roman über das Chaos nach dem Fall der Mauer, über eine Stadt [Berlin] voller Glücksritter und Schwindler, voller Konflikte und Konfusionen.« (Wolfgang Seibel in ›Die Presse‹, Wien)

Der Schlangenbaum
Roman · dtv 12643
Ein deutscher Ingenieur als Bauleiter einer Fabrik in Südamerika. »Dieses Buch fasziniert von der ersten bis zur letzten Seite, ein Kriminalroman könnte nicht spannender sein.« (Eva Ehret im ›Mannheimer Morgen‹)

Morenga
Roman · dtv 12725
Die Geschichte vom Hottentottenaufstand in Deutsch-Südwestafrika, dem heutigen Namibia – ein grandioser historischer Roman. »Ohne Uwe Timms ›Morenga‹ zu kennen, wird man in Zukunft über die deutsche Kolonialgeschichte nicht mehr nachdenken können. Ganz außerordentlich, wie in diesem Buch die Fiktion aus den Fakten hervorgeht.« (Alfred Andersch)

Kerbels Flucht
Roman · dtv 12765
Das eindringliche Porträt einer Generation der verlorenen politischen Hoffnungen, die Chronik eines entfremdeten Lebens.

Rennschwein Rudi Rüssel
Ein Kinderroman
dtv 70285

Die Piratenamsel
Ein Kinderroman
dtv 70347

Der Schatz auf Pagensand
dtv 70593

Peter Härtling im dtv

»Er ist präsent. Er mischt sich ein. Er meldet sich zu Wort
und hat etwas zu sagen. Er ist gefragt und wird gefragt.
Und er wird gehört. Er ist in den letzten Jahren zu einer
Instanz unserer (nicht nur: literarischen)
Öffentlichkeit geworden.«
Martin Lüdke

Nachgetragene Liebe
dtv 11827

Niembsch
oder Der Stillstand
Eine Suite · dtv 11835

Ein Abend, eine Nacht,
ein Morgen
dtv 11837

Der spanische Soldat
dtv 11993

Felix Guttmann
Roman · dtv 11995

Schubert
Roman · dtv 12000

Herzwand
Mein Roman
dtv 12090

Das Windrad
Roman · dtv 12267

Der Wanderer
dtv 12268

Božena
Eine Novelle
dtv 12291

Hubert
oder Die Rückkehr nach
Casablanca
Roman · dtv 12439

Waiblingers Augen
Roman · dtv 12440

Die dreifache Maria
Eine Geschichte
dtv 12527

Schumanns Schatten
Roman · dtv 12581

Zwettl
Nachprüfung einer
Erinnerung
dtv 12582

Große, kleine Schwester
Roman · dtv 12770

Janek
Porträt einer Erinnerung
SL 61696

»Wer vorausschreibt, hat
zurückgedacht«
Essays
SL 61848

Italo Calvino im dtv

»Calvino ist als Philosoph unter die Erzähler gegangen,
nur erzählt er nicht philosophisch, er philosophiert
erzählerisch, fast unmerklich.«
W. Martin Lüdke

Heinrich Böll im dtv

»Man kann eine Grenze nur erkennen, wenn man sie
zu überschreiten versucht.«
Heinrich Böll

Heinrich Böll im dtv

Martin R. Dean im dtv

»Martin R. Dean ist fast ein Einzelfall in der jungen
deutschen Gegenwartsliteratur, seine Geschichten
zeugen von einer ungewöhnlichen Bildphantasie
und vertrackten Fabulierkunst.«
Frankfurter Allgemeine Zeitung

Die verborgenen Gärten
Roman · dtv 6359

Manuel, ein junger Mann ohne Arbeit, wird von einem
exzentrischen Millionär als Hüter seiner abgelegenen, ziemlich verwahrlosten Villa in der Provence engagiert…Der
Roman ist eine Parabel auf den Umgang des Menschen mit
der Natur, eine Satire auf den Junggesellenmythos und vor
allem eine raffinierte psychologische Kriminalgeschichte.

Die gefiederte Frau
Fünf Variationen über die Liebe
dtv 10758

Der Mann ohne Licht
Roman · dtv 12139

»Dean gelingt das Kunststück, etwas von der Problematik
des Edison-Mythos sichtbar zu machen.« (Die Zeit)

Der Guayanaknoten
Roman · dtv 12304

Geschichten, überall Geschichten! Jeder Knoten hat eine
Geschichte und alle sind sie an die Biographie des Erzählers
geknüpft. Durch seine Erfahrungen in helvetischer, frem-
denfeindlicher Enge von der Sehnsucht nach Weite, nach
Welt getrieben, erzählt sich dieser so über alle Schweizer
Berge hinweg, ja, bis nach Trinidad. »Die Sprache trium-
phiert.« (Frankfurter Allgemeine Zeitung)

Markus Werner im dtv

»Eines der eigenwilligsten Erzähltalente der
deutschen Gegenwartsliteratur.«
Der Spiegel

Zündels Abgang
Roman · dtv 10917

Das Ehepaar Zündel hat sich entschlossen, den Urlaub
getrennt zu verbringen. Als Konrad heimkehrt, bereitet ihm
Magda einen für seinen Geschmack allzu reservierten
Empfang. Zündel plant seinen Abgang.

Froschnacht
Roman · dtv 11250

Franz Thalmann ist Pfarrer, Ehemann und Familienvater,
bis eines Tages sein Reißverschluß klemmt…»Ein heimli-
cher Zeitroman, der Dinge und Geschehnisse benennt, die
nur scheinbar weit weg von uns sind…Den Schuß ins Herz
spürt man erst später.« (Frankfurter Rundschau)

Die kalte Schulter
Roman · dtv 11672

Bis bald
Roman · dtv 12112

Festland
Roman · dtv 12529

Sie leben beide in Zürich, doch sie kennen sich kaum. Erst
als sie sich an einem Wendepunkt befinden, kommen der
Vater und seine nichteheliche Tochter ins Gespräch. »Was
mich berührt hat: der wunderbare Ton dieses Buches.«
(Marcel Reich-Ranicki)

dtv

Erich Loest im dtv

»Lest Loest, und ihr wißt mehr über Leipzig
und wie alles gekommen ist.«
Armin Eichholz

Schattenboxen
Roman
dtv 10853
Gert Kohler wird nach
zweieinhalb Jahren aus
dem Gefängnis entlassen.
Die erträumte Freiheit!
Doch inzwischen gibt es
den kleinen Jörg und neue
Probleme…

Zwiebelmuster
Roman
dtv 10919
»Dieser Roman erweist
einmal mehr die Stärke
Loests, Alltag pointiert in
Szene zu setzen.«
(Deutsches Allgemeines
Sonntagsblatt)

Froschkonzert
Roman
dtv 11241
Satire auf bundesdeutsche
Krähwinkelei.

Durch die Erde ein Riß
Ein Lebenslauf
dtv 11318

Wälder, weit wie das Meer
Reisebilder
dtv 11507

Fallhöhe
Roman
dtv 11596
Die letzten Tage der DDR.

Bauchschüsse
Erzählungen
dtv 12290

Nikolaikirche
Roman
dtv 12448
Chronik einer Leipziger
Familie. Ein Wende-
Roman.

Völkerschlachtdenkmal
Roman
dtv 12533
Glanz und Elend der Stadt
Leipzig – ein Parforceritt
durch die Historie
Sachsens.

**Es geht seinen Gang
oder
Mühen in unserer Ebene**
Roman
dtv 12549
Ein Mann verweigert sich
dem Leistungsdruck in
Gesellschaft und Familie.
DDR-Roman.